双葉文庫

鎧月之介殺法帖

女刺客

和久田正明

Y0-CXN-834

目次

女《おんな》刺客《しかく》　鎧月之介《よろいつきのすけ》殺法帖《さつぽうちょう》

第一章　深川の雨

一

「おい、木暮《こぐれ》ではないか」

永代橋《えいたいばし》を深川《ふかがわ》へ向かっているところへ、すれ違った浪人者に背後から呼びとめられた。

「……」

この江戸で木暮の本名を知っている者はいないはずだから、月之介《つきのすけ》は用心深くふり向いた。

尾羽《おは》打ち枯らした体《てい》の海江田頼母《かいえだたのも》が、なつかしげな満面の笑みを浮かべて立っていた。

くたびれた黒っぽい着流しに朱鞘《しゅざや》の一本差しで、髷《まげ》を総髪にまとめた月之介と違い、海江田は月代《さかやき》を伸び放題にしている。

「海江田頼母……」

月之介が思わずつぶやいた。

過去から逃れるわけにはいかなかった。

永代橋を渡ってすぐの、河岸沿いにある茶店の奥を借りた。そこは小上がりになっていて、目の前には大川が流れ、永代橋を往来する人波が間近に見えている。

とても甘酒だけでは済まないような気分なので、茶店の老爺に酒を頼むと、大徳利を快く出してくれた。

それを冷やで、二人はぐいぐいと飲んでいる。やや甘口の酒だったが、そんなことは頓着《とんちゃく》しなかった。

「お主がどうして江戸にいるのだ」

海江田が率直に聞いてきた。

「まあ、いろいろとあってな……」

口を濁す月之介だったが、海江田がそれで得心をするはずもなく、

「それでは説明にならん。お主は槍奉行と書物奉行を兼務し、文武ともにすぐれた家士として将来を嘱望《しょくぼう》されていたではないか。それがため、家中では妬《ねた》みも買っていたほどだ。脱藩の理由を聞かせろよ」

「しかし、お主こそ……」

「おれのことは、まずい。お主が脱藩するなど思いもよらぬことだ。それに雪《ゆき》江《え》殿はどうした、一緒なのか」

「一緒だ、心のなかにいつもいる」

月之介の沈んだ声だ。

「どういうことだ」

海江田の表情が険しくなった。

そこで月之介は腹を括《くく》った。

「おん殿ご舎弟、資友《すけとも》様のことは知っているな」

「ああ、おれがいた頃からご乱行が目立ち、城下にて領民に乱暴狼藉《ろうぜき》を働いていた。それがどうした」

「そのこと、公儀隠密に嗅ぎつけられた。二年前のことだ」

「なんと」

「そこで隠密どもの口を封じろと、ご城代、大目付殿よりご下命を受けた」

「お主はおれと同門で、甲源一刀流《こうげんいっとうりゅう》の、しかも聞きしに勝る使い手だ。おれなどより数段上であった」

「おだてるな」

「つまりは、刺客御用を仰せつけられたのだな」

月之介がうなずき、

「藩命ゆえ、断ることはできん。そこでおれは六人の隠密を探し出して成敗した。ところが――」

「うむ」

「そのあとに幕府より御使番《おつかいばん》が乗り込んで参り、隠密たちを斬ったおれを差し出せと談じ込んできた。それを拒むなら、掛川藩《かけがわはん》五万石の取り潰しもやむを得ずとの、脅しをかけてきたのだ」

「待て、その前に元凶である資友様はどうした」

「御使番が着到する前の晩に、病いにて急逝なされた。藩は大助かりだったが、しかし御使番にとっては資友様などはどうでもよく、あくまでおれの首が所望であった。それは斬り殺された隠密たちの報復をしたかったからだ。そのままでは幕府の威信にも関わることだろうからな」

「しかし命じたのはご城代たちではないか。何ゆえお主が矢面に立たされねばならん」

それには答えず、月之介が苦渋の面持ちで唇を噛む。

海江田がその表情を窺うようにして、

「ご城代たちは、お主を護《まも》ってくれなかったのか」

「護るどころか、保身に走っておれを売ったのだ。藩を護る立場としては、当然のことかも知れんがな」

月之介が吐き捨てるように言った。

「くそっ、あ奴らめ……ご城代も大目付も、昔から腹黒だったわ」

月之介は重く、深い声になり、

「しかも雪江は、公儀の奴らに血祭りに挙げられた」

「な、なんの罪もない雪江殿が……」

海江田が茫然とした顔になった。

「そうだ。しかも雪江は身籠《みごも》っていた。つまり妻子を一度に葬られたのだ。そこでおれは修羅となり、奴らに制裁を加えてやった。だが仇討《あだうち》はしたものの、もはや藩に戻れる道理はない。ゆえに何もかも捨て、脱藩してこうして江戸へ流れ着いたのだ」

「うむ……」

唸るような海江田の声だ。

「それよりお主こそ、どうしてこんなことになった。そっちの脱藩は、確かおれの一年前であったな」

「……」

海江田の視線があらぬ方に流れている。

「おい、おれにだけ語らせて黙んまりを決め込むつもりか。それはあるまい」

「いや、おれのことは、そのう……」

急に海江田の歯切れが悪くなった。無理に酒を口に運んでいる。

「お主は当時、徒目付《かちめつけ》であった。それが何やら陰謀に巻き込まれ、同役の伊丹欽之丞《いたみきんのじょう》、早川甲之進《はやかわこうのしん》らと共に逐電《ちくでん》した。そういうことになっているが」

「そ、それは違う、違うのだ」

「どう、違う」

「あれは陰謀などではない、いや、そういうことになるかな……」

海江田はしどろもどろになって、

「ともかく藩にいられぬ事情が生じ、不本意ではあったが、われらは脱藩する羽目になった」

「家中は大騒ぎであったぞ。ある者の話によると、原川村の焼き討ちが原因ではないかという説もあったが、しかし誰にも真相はわからぬまま、いつしかうやむやになった」

「木暮、共に藩を捨てた身ではないか。そんな旧《ふる》い話を掘り返してどうする」

「これまで疑念に蓋をしてきたが、お主を前にして本当のことが知りたくなった。有体《ありてい》に申せ」

月之介が食い下がった。

まともに海江田の目と目がぶつかった。そこにはなぜか怯えが浮かんでいた。

その様子では、まるで旧悪を暴かれそうになった逆臣のようではないか。海江田はそんな男ではなかったはずだ。おなじ釜の飯を食らい、剣の腕を競い合った仲であった。

（これはよほどの深いわけがあるな）

内心でそう思った。

それは後日に改めて聞きだそうと思い、そこで月之介は話を打ち切り、どこに住んでいるのかと尋ねた。

海江田はやるせないような溜息を吐くと、

「人家もまばらな深川の寂しい所だ。木場にほど近い大和町《やまとちょう》にいる。そこの小兵衛店《こへえだな》という裏店《うらだな》だ」

貧乏をしているのだと、ぼやいた。その表情には生活の労苦が滲み出ていた。

海江田の妻のことを聞いてみた。

「千賀《ちか》殿はどうした」

「うむ、未だ共に暮らしおる」

海江田が重い口で言う。

そしてお主は何を生業《なりわい》としているのかと聞くから、深川黒江町《くろえちょう》の町道場を譲り受け、そこに住みながら、日本橋北新堀町《しんぼりちょう》の書物問屋に三日に一度働きに行っており、今日もその帰りで永代橋を通ったのだと説明した。

すると海江田は目を輝かせ、

「おお、それなら山東京伝《さんとうきょうでん》の忠臣水滸伝《ちゅうしんすいこでん》という読本《よみほん》を探してくれんか。どうしても読みたいのだが、どこへ行っても品切れなのだ」

「わかった、探してみよう」

頼むと言ったあと、海江田は月之介の差料《さしりよう》に目を止め、「見せてくれ」と言った。

月之介が腰から大刀を鞘ごと抜くと、海江田はそれをおもむろに受け取って、まずは刀全体に見入った。

鍔《つば》は波に龍が彫られ、鞘は蠟色塗り、柄は白鮫皮を着せてある。

「見事な拵えだ……」

海江田はそうつぶやくと、鯉口を切って刀身を抜き、じっくりと眺めた。

「銘を聞かせてくれ」

海江田が言った。

「銘はそぼろ助広……助広なる刀工は播磨国《はりまのくに》の住人で、寛永の頃に大坂で名声を得た河内守《かわちのかみ》国助《くにすけ》の弟子だという話だ。助広は硬骨の士だったらしく、生涯を無位無官で通した変人と聞いた」

「お主にどこか似ているな、その刀工」

海江田がにやっとし、

「そぼろとは乱れ刀のことにて、これは丁字乱れにさらに乱を生じさせている。結構な差料ではないか、惚れぼれするぞ。どこから手に入れた」

「前の道場主の二宮《にのみや》甲子太郎《かしたろう》殿から譲り受けた」

「その御仁、今は」

「ゆえあって、すでに他界している」

「ふむ……そぼろ助広か、お主がうらやましいぞ」

海江田の言葉に、月之介は無言でうなずいた。

それでその日は別れた。

二

それから三日が経ち、海江田頼母の所望する読本が見つかったので、月之介は書肆《しょし》の帰りに深川大和町へ出向いた。

おのれの住む黒江町を通り過ぎるのは変な気持ちだったが、日の暮れ始めた深川八幡の雑踏を縫って行くと、やがてしだいに人も家も寂しくなってきた。

弥生《やよい》三月に入ったものの、風は身を切るように冷たく、その日はまるで冬に舞い戻ったかのようであった。

小兵衛店はひしゃげたような裏店で、木戸門も朽ちて取り払われ、その路地でうす汚れた何人かの童《わらべ》たちが遊んでいた。

童の一人に海江田の家を聞くと、奥の一軒を教えられ、そこへ向かった。

するとなかから油障子が開けられ、風呂敷包みを抱えた千賀が出てきた。

月之介と顔が合い、千賀の表情が一瞬ぱっと華やいだ。

「まあ、木暮様……」

狼狽《ろうばい》もしている。

「久しいな、千賀殿」

月之介がなつかしい思いを籠めて言った。

千賀は三十前で、顔立ちの整った美しい部類に入る女であった。しかし以前はもっとふっくらしていたように思えたが、今の千賀は頬がやや削げ落ち、娘の頃のまろやかさは失われていた。別人のような変貌とまでは言わないまでも、三年という歳月の経過と暮らしのゆとりのなさが、女を残酷に切り刻んだようだ。はらりと落ちた鬢《びん》のほつれが、よりやつれているようにも見える。

向き合って立ち話となった。

「過日に木暮様とお会い致したと、旦那様から聞き及びました」

「そうなのだ。その折に探し本を頼まれ、それが見つかったのでこうして」

袱紗《ふくさ》に包んだ本を見せると、千賀は恐縮の体になり、

「生憎でございますが、旦那様は働きに行っておりますの。わたくしもこれより出かけるところなのでございます」

「それは折が悪かったな」

月之介がどうしようという目になると、千賀は折角ですのでと言い、袱紗包みごと本を受け取り、それを持って家のなかへ入り、また出てきて、

「旦那様は夜遅くならぬと戻りませぬ。後日にお礼方々木暮様をお訪ねするよう、申しておきましょう」

「そうか、わかった」

千賀の行く先を尋ねると、深川一色町《いっしきちょう》だと言うので、途中まで一緒に行くことにした。

「雪江殿のご不幸、聞かされました。おいたわしいことと存じます」

千賀が歩きながらそっと頭を下げ、言葉少なに悔やみを述べた。

月之介は何も言わないでいる。

「わたくし、雪江殿が木暮様の許へ嫁がれる前まで、親しくしておりましたの

よ」

雪江は掛川藩の物頭《ものがしら》の次女であり、千賀は旗奉行の三女であった。

「そのことは聞いていた。藩校にて女大学《おんなだいがく》を共に学んだそうだな」

「はい」

「女大学」は江戸前期の儒学者貝原益軒《かいばらえきけん》が著《あらわ》した女訓書の代表的なもので、それ以外の益軒の本のほかにも、「女誡《じょかい》」、「女庭訓往来《おんなていきんおうらい》」、「女中庸《おんなちゅうよう》」、「女実語教」などの諸書があり、武家の婦女たちはこれらを読んで女の心得やたしなみを身につけるのである。

「それに……」

何かを言いかけ、千賀がくすっと笑った。

月之介が訝《いぶか》しい目をやる。

「今ですから申し上げますが、木暮様への縁談は、雪江殿の前にこのわたくしの許《もと》へ参っていたのでございます」

「それは知らなかったな」

月之介が面食らったように言った。

「されどその時は旦那様と親しくなっておりましたので、木暮様とのご縁はございませんでした」

「ふむ」

「人の運命などと申すものは、どこでどうなるやら、本当にわかりませぬな。わたくしがあの時、もし木暮様の妻になっておりましたら……」

「いや、おれの運命はおなじであったろうから、千賀殿は難を免れたことになる。こうして生きていられるのだ、それが何よりであろう」

「果たして、生きておりましょうか」

千賀は妙な言い方をする。

「む？」

「わたくしはすでに、死したような気分でございます」

「どういうことだ」

咎《とが》めるような月之介に視線に、

「い、いいえ、他意は……」

千賀が顔を背け、口を濁した。

「海江田の帰りは遅いと申していたが、何を生業としているのだ」

「それは……」

千賀は唇を歪めるようにし、

「お恥ずかしい話でございますが、旦那様は賭場《とば》の用心棒をしておるのでございます」

「用心棒か……」

「武士としての矜持《きょうじ》を持っていれば、そんな生業は致しますまい。家中にあって徒目付のお役に就いていた時は、旦那様はそれは頼もしい御方《おかた》でございました。それがこうして流転を重ねるうちに、やがて心も荒《すさ》み……」

そこで千賀は苦しいような表情になり、

「されどそのように申すわたくしとて、旦那様のことをあれこれ誹謗《ひぼう》できる立場ではないのです」

「千賀殿も職を持っているのか」

「はい」

「何をしている。差し支えなくば聞かせてくれ」

「いいえ、お聞き下さいますな。わたくしは人に言えぬことをしているのです」

「人に言えぬこと？」

月之介が問い返すが、千賀はそれ以上のことは話さず、

「……歳月が恨めしゅうございます。時を戻すことができるなら、木暮様の許へ嫁ぎとうございます」

「これ、不用意なことを」

月之介が慌てたようにたしなめると、千賀は空ろな笑い声を上げて、

「冗談でございますよ」

と言った。

しかし月之介にはそうは思えず、千賀のはかなげな女心に触れたような気がした。

「海江田の脱藩の理由だが」

「それは申し上げるわけには参りませぬ」

千賀が頑《かたく》な面持ちで言った。

「なぜだ」

「特に木暮様には申し上げ難《にく》うございますので、お許し下さいませ」

「……そうか」

「それでは、わたくしはこれにて」

千賀はそう言って頭を下げ、紅燈《こうとう》華やかな彼方へ消えて行った。

それを見送り、月之介は幾星霜《いくせいそう》を経た人の変わりようを考えていた。

不意にさーっ、と雨が降ってきた。

三

雨は夜になっても降りやまず、波も猛々《たけだけ》しく荒れ、石川島人足寄場《いしかわじまにんそくよせば》の岸壁を波濤《はとう》がうねりを上げて叩きつけていた。

人足寄場は寛政《かんせい》二年（一七九〇）に創設されて以来、軽罪の者を改悛させ、手に職をつけさせるための更生施設として、二十年以上の時を経てその役割も確立されてきた。

元は石川島と佃島《つくだじま》との間にあった砂洲を埋め立てて作ったもので、寄場は海に囲まれた孤島である。その敷地は一万六千坪余、このうち約五分の一の三千六百坪が丸太矢来で囲まれた寄場施設である。残りの広大な空地は依然として低湿、沼沢地で、上げ潮ともなれば海水に浸され、今宵のような風雨には波が押し寄せた。

御目付配下の徒目付が寄場奉行として睨《にら》みを利かせ、二十人以上の下役、小役人が詰めている。あくまで更生施設であるから罪人の待遇は悪くなく、湯にも入れれば冬は炬燵《こたつ》も与えられ、喫煙も許されて、しかも三日ごとに学者がやってきて心学の講義まであった。また耕作して米や野菜を収穫し、自給自足もさせている。

この頃、寄場の経費は二千両余に膨れ上がり、収容されている罪人も五百人以上になっていた。

そこでは鍛治《かじ》、紙漉《かみす》き、炭団《たどん》、油搾《あぶらしぼ》り、竹細工《ざいく》、藁《わら》細工、飾り職などの職業訓練を受けさせ、手に職をつけて更生させると、二年ほどを上限として罪人たちを放免させている。

遠州《えんしゅう》無宿《むしゅく》の蓑助《みのすけ》は寄場へ入って一年が過ぎたところで、世話役の役付きを命じられ、今では親方のような羽ぶりで暮らしていた。歳が四十近いのと、若い罪人をまとめるのがうまく、それで寄場奉行からお役を命ぜられたのだ。

江戸にきてすぐに、両国の盛り場で地廻りを相手に大立ち廻りを演じ、相手に重傷を負わせて寄場送りとなった。流れ者の蓑助としては、寄場がこんなに待遇のいい所とは思ってもいなかったので、いつまでも居たい気分だった。

風雨がさらに烈しくなり、あちこちの人足小屋の雨戸ががたぴしと鳴っていた。

何か事あれば蓑助の責任になるので、蓑合羽《みのがっぱ》を被り、龕燈《がんどう》を持って人足小屋を出た。

刻限は夜の四つ（十時）頃だから、ほとんどの罪人たちは寝ているはずだ。

寄場役所の方へは行かず、四棟ある人足小屋の表と裏を見廻って行く。ほかにも小屋は幾つもあり、それらは炭団干場、平湯、手業場、平業場などに分かれている。見張番所の灯も消え、人影もないから、蓑助は安心して最後に土蔵の方へ向かった。

龕燈の光を扉へ向け、ぎょっとなった。

そこにずぶ濡れの、すらっと背の高い女が立っていたのだ。

ごつごつとした岩肌のような蓑助の顔が、驚きに歪んだ。

「誰だ、おめえは。そこで何をしている」

罪人の仕着せである水玉模様の衣服ではないから、女部屋の罪人ではなく、部外者であることは間違いなかった。

ではこの荒海のなかを、泳いでここまで辿《たど》り着いたというのか。

それを考えて、蓑助はぞっとした。尋常な人間のなせる業ではなかった。

女は無言で、突き刺すような烈しい目で蓑助を睨んでいる。

二十歳になるかならぬかの、野性的な感の女であった。色浅黒く、切れ長の目で細面に細く尖った鼻、そしてうすい唇を引き結んでいる。全体に研《と》ぎ澄まされた様子で、その手が腰に落とした小太刀の柄を握った。

蓑助がおののき、じりっと後ずさった。

「遠州無宿蓑助、探したよ」

ぞんざいだが、凛《りん》とした女の声だ。

「な、なんだと……てめえ、いってえ誰なんだ」

「この顔に見覚えはないかい。よっく見てご覧よ」

「……」

蓑助が女の顔に再び光を当て、「ぐわっ」と驚愕の声を漏らした。

「まさか、そんな……」

愕然と動けなくなった。

女が冷笑を浮かべ、抜刀して凄まじい勢いで蓑助に突進した。

白刃が蓑助の腹を突き抜け、背中からとび出した。

「ぎゃあっ」

断末魔の声を上げる蓑助の躰を蹴りのけ、女はさらに情け無用に袈裟《けさ》斬《ぎ》りにした。

一瞬光った稲妻が女の濡れ髪を照らし、それはまさに凄惨な地獄絵を見るようだった。

女は阿修羅の化身のようで、その目はあくまで狂おしく、ぎりぎりとした暗い怨念に満ちていた。

四

南町の定廻り同心浦島《うらしま》与惣《よそ》兵衛《べえ》は、何をするにもものぐさで、やる気のなさを絵に描いたような男だ。いつも眠ったような小さな目で、四十過ぎのゆるんだ顔つきをしている。

八丁堀同心の定服である黒紋付羽織に着流し、それに雪駄《せった》履きで佩刀《はいとう》し、腰の十手を光らせていても、ほかの同心のように引き締まった感はなく、着付けもどこかだらしがないから様にならない。

それが娘岡っ引きのお鶴《つる》を引き連れ、迷惑そうな顔で深川の賑やかな所を歩いている。

迷惑なのは吟味方《ぎんみがた》与力の神坂乙三郎《こうさかおとさぶろう》からお鶴を押しつけられたからで、お役に不熱心な浦島はふだんは岡っ引き、手先の類《たぐい》は使わず、単身で動くことが多い。しかし断ることができなかったのは、神坂がお鶴を可愛がっているので、上司の言うことには逆らえなかったのだ。

単身で動くということは、畢竟《ひっきょう》、凶悪事件には背を向け、町場の小さなこそ泥や他愛もない揉め事ばかりを拾っているからで、この男には手柄を立てようなどという野心はさらさらない。

組屋敷には妻と五人の子供がおり、彼は仕事はそこそこにして、そっちの方を大事にするよき家庭人、つまりは典型的な事なかれの小市民なのである。

そうやって仕事に無気力に生きている浦島にとって、今抱えている事件などは憂鬱《ゆううつ》の極みなのだ。

一方、お鶴の方は岡っ引きになりたてだから、やる気満々なのである。二十を少し出たばかりで、江戸前の女らしく垢抜けており、藍色《あいいろ》の小袖を細身の躰に粋に着こなし、帯に十手をきりりと差し込んでいる。

浦島とはあまり馴染《なじ》みがないから、お鶴は仏頂面《ぶっちょうづら》でとことことついてきている。なんでこんな人と組まされるのかと、不満が顔に表れている。

「それで、おまえは父親から十手を引き継いでどれくらいになるのだ」

「二年近くになります」

「仁兵衛《にへえ》は相変わらずなのか」

「大分よくなりました。不自由ながら町内の近くぐらいは出歩いています」

お鶴の父親の仁兵衛は元岡っ引きであったが、卒中で倒れ、一命はとりとめたものの躰の自由が利かなくなり、それで一度は十手を返上した。しかしその功績を偲《しの》び難く思った神坂が、改めて娘のお鶴に跡を継がせたのである。

仁兵衛ぐらいの古参の岡っ引きだと、浦島でさえも昔につき合いはあったのだ。

「おまえは大層気性が荒いらしいな」

「いえ、そんな」

「町場であらくれ者を、薪《まき》で叩きのめしたそうではないか」

「昔の話ですよ」

「それに黒江町に住む鎧月之介とか申す浪人者と、昵懇《じっこん》だとも聞いたぞ」

「ええ、そうですけど」

「鎧は神坂様とも親しいようだな」

「その通りです」

「どういう男なのだ、鎧というのは」

「立派な御方です。あたしは尊敬してます」

「しかし所詮は浪人ではないか」

「ご浪人じゃいけないんですか」

お鶴が反撥《はんぱつ》の目になる。

「世をすねておろう」

「月様は、いえ、鎧様はそんなことありませんよ」

「ふん、どうかな。神坂様も酔狂だからな、浪人者なんぞと交わって、困ったものだ」

お鶴はむっとし、もう口を利くのはやめようと思った。

すると浦島は不意に明るい表情になり、

「お鶴、一年中春だとよいな」

「はあ？」

「うららかな風が吹いて、眠くなるような春の昼下りなどは、もうたまらんではないか」

お鶴が唇をひん曲げる。

「しかし世の中はそうはいかん。夏があればかならず冬がくる。かなわんな、暑いのも寒いのも。これから春だから、わしの時節がくるのだ」

浦島は今にも浮かれだしそうだ。

それを冷やかに見て、

（やってれば）

お鶴は意地悪な気持ちになった。

そうこうするうちに賑わいは消え去り、うら寂しい大和町へ入った。

木場が近いから、海から寒風がもろに吹きつけてくる。

二人して小兵衛店を探し、浦島が海江田頼母の家の油障子を叩いた。

「はい」

女の声で応答があり、千賀が戸を細目に開けて顔を覗かせた。町方同心の姿に、眉間《みけん》を険しくする。

お鶴はその千賀を見て、人知れず表情を引き締めた。見知った女だったのだ。

しかし千賀の方はお鶴の顔を憶えていないようだ。

「それがし、南の御番所の浦島与惣兵衛と申す」

「どのようなご用件でしょう」

「海江田殿にちとお話が。よろしいかな」

浦島が家のなかを窺うと、奥の間でごろりと横になって読本を読んでいた海江田が起きてきた。

内部は六帖、四帖半の二間に土間、台所がついているから、思ったより広い造りだ。しかし壁が煤《すす》けて黒く、今にも崩れ落ちてきそうである。さしたる家具もなく、夫婦者の所帯にしては侘《わび》し過ぎた。

「入られよ」

海江田が許可し、浦島とお鶴は土間へ入って框《かまち》に腰を下ろした。

千賀は台所に立って茶の支度にかかる。

「昨夜のことでござるが、実は大変な事件が起こりましてな、人足寄場に賊が押し入り、そこで世話役をやっている罪人を斬り殺したのですよ」

「ほう、人足寄場にどうやって押し入るというのだ。あそこは周りが海ではないか」

「賊は泳いできたか、あるいは船を漕いできたものと」

「昨夜は嵐のような雨だったのだぞ」

「はあ、しかしほかに考えられんのです。朝から五百人に及ぶ罪人どもを、われら総力を挙げて調べておるのですが、そんなことをする奴はおりません」

「それで、その一件とわしがどうつながる」

「世話役の私物を調べておりましたら、ご貴殿の名が」

「なに」

海江田が只ならぬ形相になった。

「古い帳面に四人の男の名が書かれてありましてな、そのなかに深川大和町、小兵衛店、海江田頼母と。心当たりはござらんか」

「その世話役の名は」

「遠州無宿の蓑助です」

「……」

その時、湯呑みが土間に落ち、派手な音を立てて割れた。

三人が一斉に見ると、千賀がすみませぬと言い、慌てて屈んで破片を拾った。

「海江田殿、遠州無宿の蓑助をご存知ありませんか」

浦島がもう一度、おなじことを聞いた。

「知らんな。初めて聞く名だ。無宿人などと知り合いであるはずがなかろう」

「ちなみにあとの三人の名を聞かせてくれ」

「はあ、しかし」

「いや、それは」

海江田と目と目がぶつかり、浦島は気弱になってふところから帳面を取り出し、三人の男の名を読み上げた。

「伊丹欽之丞、早川甲之進、それと佐治平《さじへい》とありましたが」

海江田と千賀が重い表情になり、押し黙った。

その様子を、お鶴は注意深く見ている。

「どうですか、やはり知りませんか」

「うむ」

海江田の口は重い。

「では、そのう、海江田殿の生国をお聞かせ下さらんか」

「ゆえあって浪々の身になったのだ。それは言えん」

「どうしてもでござるか」

「このおれに疑いでもあるのか」

海江田に睨まれ、浦島は腰が引けて、

「いえ、滅相もない。そんなことは決してござらん。これはあくまで念のためでして」

「帰ってくれ。痛くもない腹を探られるのは迷惑千万だ」

「わ、わかり申した。どうも大変ご無礼を」

浦島がお鶴をうながし、そそくさと表へ出た。

お鶴は不満顔だが、黙ってしたがった。

千賀が戸を閉め切り、海江田を見据えるようにして、

「旦那様、蓑助は何ゆえ殺されたのです」

「知るものか」

海江田は怒鳴るように言い、隣室へ消え去った。

五

「鎧様、おられますか」

お鶴が呼びかけながら月之介の道場へ入ってくると、奥の一室からくぐもったような男の声が聞こえ、

「入ってこないで」

と言った。

それは月之介ではなく、ここに半分居候《いそうろう》のようにしている太鼓持《たいこも》ちの猫千代《ねこちよ》のものだったから、お鶴は構わずに玄関から奥へ向かった。

そして一室の前へくると、またもや、

「入っちゃ駄目」

猫千代が言う。

「何してるのよ、猫千代さん」

がらっと障子を開けると、猫千代が慌てて空気を払うようにして、

「今、おならしたばかりなんだから」

お鶴が顔をしかめてなかへ入り、

「うっ、くさ」

「だから」

「鎧様はお留守なの？」

鼻をつまみながら言った。

「そう、お出かけ」

「どこへ」

いる。

「知りませんよ」

猫千代は干し芋を齧《かじ》りながら、文字が少なく絵の多いくだらない読本を読んでいる。

やや太めの体型で、まん丸いお盆のような顔に、それに絵に描いたが如き目鼻がちょこまかとついているから、この男の面相はかなり戯画的である。今日は明るい紫色の気障《きざ》ったらしい小袖を着て、白足袋《しろたび》を履いている。

太鼓持ちというものは、いってみれば遊里の水先案内人のようなもので、別に幇間《ほうかん》、男芸者などとも称せられている。料亭のお座敷に呼ばれて客と芸者との間を取り持ち、おかしな遊芸のひとつもやって座を盛り上げる役割である。それで生活しているのだから、こんな当てにならない蜉蝣《かげろう》のような稼業もないものだ。それだけに堅物ではとても務まらないので、どうしてもこの男のような極楽とんぼになってしまうのである。

月之介が江戸にきてからすぐに知り合い、今では肝胆相照《かんたんあいて》らす仲となっている。そう思っているのは猫千代の方だけかも知れないが、しかし月之介もまんざらこの男が嫌いではないのだ。

お鶴は干し芋を横からぶん取り、

「お帰り、遅いのかしら」

月之介のことを聞いた。

猫千代は干し芋を奪い返してふところへ隠しながら、

「さあね、それよりあのさあ」

「なによ」

「ゆんべ大きな事件が起こったらしいね」

「もう知ってるの、猫千代さん」

「女湯を覗いてた奴を捕まえたら、婦人科の医者だったらしいじゃない。馬鹿だよねえ、いつだって只で見れるのにさ」

猫千代のよた話につき合っていられないから、

「あたし、出直してくる」

お鶴が一室を出て玄関へ行くと、そこへ月之介が帰ってきた。

「まあ、鎧様」

「どうした、怒った顔ではないか、お鶴」

お鶴に向ける月之介の表情はやさしい。

父親というほどではないにしても、兄のような慈愛に満ちたものである。それにはわけがあって、お鶴の面影のどこかに亡き妻雪江を思わせるものがあるからなのだ。むろん月之介の勝手な思い込みだから、そのことを誰にも打ち明けたことはない。

「いいえ、違うんです。猫千代さんが話にならないから」

ちょっといいですかと言い、月之介の袖を引いて別室へ連れて行き、そこで向き合って座ると、

「ゆんべの大事件、ご存知ですか」

お鶴が問うた。

「ああ、巷《ちまた》で聞いたぞ。寄場で人足が殺されたそうだな」

さすが鎧様、猫千代さんとはやはり違うと思いながら、

「それを神坂様のご命令で、浦島様という定廻りの旦那と組まされて調べることになったんです。もちろん大変な事件なのであたしたちだけじゃなく、南のお役所全体で取りかかってますけど、それがまた――」

「前置きはそれくらいでいい」

月之介が先をうながす。

「あ、はい。それでですね、殺されたのは遠州無宿の蓑助という男で、寄場の世

話役をやってる人でした。内部の人足たちを片っ端から調べてるんですけど、下手人《げしゅにん》になりそうな奴は一人も出てきません」
「では外からということか。それも妙だな、あそこは余人の近づけぬ離れ小島のはずではないか」
「ええ、ところが蓑助の私物を調べてましたら、ぼろぼろの帳面が出てきて、奇妙なことにそれに四人の男の名前が書いてあったんです」
これですと言い、お鶴が捕物覚え帳をふところから取り出して、四人の人名を書き写した所を月之介の前に開いた。
「深川大和町　小兵衛店　海江田頼母」
まっさきにその名が、月之介の目にとび込んできた。
さらにあとにつづいて、
戸塚宿　伊丹欽之丞
箱根宿　佐治平
甲府宿　早川甲之進
とある。
「これ、なんだと思います？」

「……」

「ねっ、鎧様」

海江田のことを考えていた月之介がわれに返り、それから少し動揺しながら、

「はて、よくわからんな」

「蓑助を加えた五人には、何か因縁《いんねん》でもあるんでしょうか」

「さあ、それはどうか……」

月之介らしくない生返事で答えながら、

「お鶴、三人は遠くに散らばっているが、深川の海江田という侍はどうした」

まだお鶴に海江田のことを打ち明ける気にはならず、惚《とぼ》けて聞いてみた。

「早速浦島様と聞き込みに行ってきましたけど、海江田というご浪人は、蓑助など知らない、ほかの人たちにも心当たりはないと」

「そう言うのか」

「はい。でも……」

「どうした」

「海江田様は何かを隠しています。そんな気がするんです」

「ふむ」

「鎧様、それだけじゃないんです」

「ほかに何かあるのか」

「海江田様の奥方なんですけど、あたし、あの人知ってるんです」

月之介がすっと表情を引き締め、

「どこで会った」

「お侍の奥方ですから、ちょっと言い難いんですけど」

「構わん、言ってみろ」

「前に門前仲町《もんぜんなかちょう》の竜野屋《たつのや》という店に、手入れをかけたことがあります」

「どんな店だ」

「わかり易く言えば、岡場所とも違う隠れ遊廓ですね。表向きは三味線直しという看板を出してますけど、とても大きな家で、奥で女たちが、そのう、春をひさいでるんです」

「……」

月之介は胸の塞がれる思いがした。

「その時、海江田様の奥方が娼妓の一人として捕まったんですよ。あたし、そういうの嫌なんです。みんな事情があって、好きでやってる人なんていないわけですから、なるべくなら目こぼしして上げたいんです。ですからあたしは手入れの先頭に立たないで、陰で見てました」

「捕まったのなら只では済むまい。奥方はどうやって切り抜けた」

「結局は竜野屋の主《あるじ》と、その時のお役人が金で解決をしたようで、女たちはすぐに放免されました。お役人の名前は勘弁して下さい、差し障りがありますんで」

月之介がうなずき、

「その店はまだやってるのか」

「三月ほど休んでましたけど、また始めました。女たちの顔ぶれも変わってません」

「海江田の奥方もいるんだな」

「はい」

「……」

千賀のことを思い、月之介はさらに心を重くした。

「鎧様、何かご存知なんですか」

「い、いや、どうしてそう思うのだ」

「なんだかご様子が変です」

「そんなことはない、そんなことはないぞ」

「……」

「ではおれが海江田頼母に近づいてみよう。話を聞き出してやる」

「うまくいくでしょうか。ちょっと怕《こわ》い感じのご浪人でしたけど」

「なに、大したことはない。おれに任せろ」

そうは言ったものの、海江田がすんなり口を割るとも思えなかった。

そうしてお鶴が帰って行き、月之介は暫《しば》し思いに沈んだ。

江戸へきてからの海江田、千賀夫婦の労苦は想像に余りあった。生活が逼迫《ひっぱく》し、追い詰められた末に海江田は賭場の用心棒になり下がり、千賀は娼婦に身を堕《お》としたのだ。彼らとはかつておなじ掛川藩の禄を食《は》んでいた仲だけに、月之介は同情を禁じ得ない。しかも海江田は寄場で殺された蓑助という男と、なんらかの関わりがあるはずなのだ。

(どうする、これから)

思案に詰まった。

そこへ猫千代がばたばたとやってきた。

「旦那、表に客でござんすよ」

「客？」

月之介が玄関へ出て行くと、そこに海江田が立っていた。

「おお……」

月之介が戸惑いの声を漏らす。

海江田は屈託のない様子で、家のなかを見廻していたが、

「おんぼろ道場だが、お主は恵まれた暮らしをしておるな。羨ましいぞ」

「何を言う。まあ、上がれ」

居室に導き入れ、対座した。

すかさず猫千代が茶を運んでくる。

「なんだ、この男は。お主、下男を置いているのか」

「いや、そういうわけではない。下男とは違うのだ」

下男と言われて猫千代がむっとし、

「どうぞ、ごゆっくり」

海江田をじろりと睨み、へそを曲げて出て行った。

やがて後足で砂をかけるようにして、猫千代が玄関から立ち去る気配がした。

海江田はまず本の礼を言うと、

「どうだ、たまには立ち合わぬか」

「よかろう」

海江田がそう言うから、道場へ出て、木剣で対峙《たいじ》した。

甲源一刀流の剣士が得意とする技は胴打ちで、それも右胴から左肩へと斬り上げる凄絶なものだから、二人とも期せずして下段の構えを取った。

だがそれから長いこと睨み合いがつづき、どちらも動かない。呼吸も乱さない。時が止まったかのようで、空気は緊迫している。

ややあって月之介の剣先が少し動いた。

それに誘われるかのように、海江田が右胴を狙って豪胆に打ち込んできた。

すかさず月之介が反応し、猛然と反撃に出た。

木剣と木剣が烈しく闘わされた。

月之介は怯《ひる》むを知らず、敢然と打ち込んで行く。

海江田がだだっと後ずさり、そこで待ったをかけた。

「よし、勝負あった」

月之介が攻撃をやめた。

海江田は苦笑いで、

「腕を上げたな、木暮」

「なんの、お主こそ」

「いや、ひたすら受け身に廻る一方でおれの方に分はない。さすがだ、参ったぞ」

木剣を横へ置き、二人してどっかとあぐらをかいて向き合った。

「お主に聞きたいことがある」

月之介が言った。

「原川村で何があった」

「またその話か……」

海江田の表情が曇った。

「焼き討ちはお主たち徒目付の仕業なのか。そのことが尾を引き、新たな殺戮《さつりく》が寄場で起こった。おれはそう見ている」

海江田がぎらっと月之介を見て、

「寄場のことを、なぜお主が知っている」

「殺された蓑助とは何者だ」

「……」

「お主の身に危険が迫っているとは思わんのか」

「ふん、小癪《こしやく》な。何がこようが、返り討ちにしてやるわ」

「返り討ちだと？　やはり身に覚えがあるのだな」

海江田が怒ったように立ち上がり、

「詮索は無用にしてくれ。お主に打ち明けるつもりはない」

「待て、おれの話を聞け」

「話す時がきたら話す、しかし今はそんな気になれん。悪く思うな」

席を蹴って海江田が出て行った。

「……」

月之介はじっとしていられない気持ちになっていた。

六

永代寺門前仲町は深川でもっとも繁華な盛り場で、昼夜を分かたず人で賑わっている。

ましてや紅燈灯す頃ともなると、嫖客《ひようきやく》が引きも切らず、旗亭《きてい》からは女の嬌声が絶え間ない。

その喧噪から一歩路地へ入った所に、竜野屋はあった。

玄関の軒に三味線直しと書かれた木札がぶら下がっていて、主の和兵衛《わへえ》は時折持ち込まれるそれを直しはするが、竜野屋の実態は遊廓なのである。

和兵衛は元は三味線を作る職人だったが、それをこつこつやって金を貯め、潰れた料理屋を買い取って今の裏商いを始めたのだ。

一階を住居部分にして、二階を幾つもの小部屋に仕切り、そこで五人の女郎が客を取っている。酒や小料理の賄《まかな》いは、お末《すえ》という和兵衛の女房が作っている。

このお末は女郎上がりだから女たちに理解があり、皆にやさしい。そのため女たちが居ついて、手入れがあろうが何があろうがまた戻ってくる。つまりは家庭的ないい遊廓なのである。女郎たちの相談事などはお末が一手に引き受け、情を尽くして面倒を見ている。もう初老の夫婦で、和兵衛とお末の間に子はいない。

千賀は竜野屋で働いて二年になるが、少し風変わりな娼妓として一部の客たちから好まれていた。それというのも、千賀は侍の客しか取らないのである。二本差しでさえあれば身分を問わず、身を任せる。千賀を贔屓《ひいき》とする客というのは、江戸詰の藩士や幕府の小役人たちで、なかには浪人もいる。相手がなんであれ、侍でさえあれば千賀は分け隔てはしない。なぜ商人や町人の客を取らないのかというと、それが千賀の気位だからなのだ。それは旗奉行であった父への、せめてもの謝意なのかも知れない。千賀としては、精一杯の武家の誇りだけは保っていたいものと思われた。行為そのものはおなじなのだから、さして意味があるとも思えないが、千賀は二年の間それを貫いている。初めは和兵衛もお末も難色を示したが、今ではそれで得心をしていた。

「遅くなりまして」

お末が台所で小料理をこさえていると、千賀が裏土間から、いつものように風呂敷包みを抱いて入ってきた。

女たちは皆が通いで、深川界隈からここへ働きにくる。亭主がいたり親と暮していたりして、事情は様々だが、躰を売らなければ食っていけないのだ。出入りは玄関からではなく、裏手からということになっている。夕方の七つ半（五時）頃から店を開けるが、女たちのくるのはまちまちである。なかには幼な子を寝かしつけてくるのもいるから、ばらつくのだ。

「おや、あんた、丁度よかった。あんたを名指しでお客がきてるんだよ。店を開ける早々にきて、あんたの部屋でお待ちかねさ」

「誰ですか。お馴染みさんですか」

千賀は環境に合わせ、ここでは町場女の口調になっている。

「ううん、初めての人。どっかであんたの評判を聞いたんじゃないかねえ」

お人好しのお末は、千賀におもねるような目を向けている。

評判と言われて、千賀は口許に皮肉な笑みを浮かべて、

「どんな筋の人でしょう」

「ご浪人さんだよ」

浪人と聞いて、千賀の気が重くなった。亭主がそうだから、身につまされるのだ。

それでも侍である以上は拒むことはできないので、別室へ行って着替えをし、二階へ向かった。

女郎らしい煽情的《せんじょうてき》な赤い着物は自前で、それをいつも風呂敷に包み、家を出てくるのである。

七

「お待たせしてすみません」

そう言って小部屋へ入ってくるなり、千賀の表情が一変した。

円窓《まるまど》を背にして座っていたのは、月之介だったのだ。

「木暮様……」

ほかに言葉が見つからず、それだけ言って千賀は崩れるように座り込んだ。顔色が青褪《あおざ》め、ひきつったような表情になっている。月之介をどう扱ってよいのか、わからなくなっている。

「悪く思わんでくれ、千賀殿。嫌がらせにきたわけではないのだ」

「どうして、ここが……」

かすれたような千賀の声だ。

「知るべくして知った、そんなことはどうでもよかろう」

千賀が切ない目で膝行《しっこう》して、

「聞いて下さいまし、木暮様」

「やめておけ、釈明を聞いても詮ないことではないか」

「いいえ、いいえ、これは生計《たづき》のためなのでございます」

「わかっている」

「わたくしのこと、蔑《さげす》んでおられまするか」

「千賀殿、食っていくためにやっていることであろう。誰がそこ元を咎められよう」

「では、何をしにここへ参られましたか。わたくしの躰がご所望なら、どうかお好きになされませ」

「よさんか、千賀殿」

厳しい月之介の声だ。

それでも千賀は構わずに、

「今のわたくしは売り物買い物でございますゆえ、お代は二朱にございます」

自棄《やけ》のような口調で言った。

月之介がかぶりをふって、

「話を聞きにきたのだ」

千賀はさっと警戒の目になると、

「旦那様に関わりのあることとなのですね。そうでございましたら、先だっても申しましたように何も話すつもりはありませぬ」

「口止めされているのだな」

「お許し下さいませ、どうか……」

月之介は千賀の言葉を遮って、

「人足寄場で遠州無宿の蓑助という男が殺された」

「……」

「蓑助とは何者なのだ。知っておろう」

「……」

月之介はふところから書きつけを取り出すと、

「蓑助は帳面に四人の男の名を書き記していた。海江田と伊丹欽之丞、早川甲之進、そして佐治平とある。伊丹、早川は海江田の同役の徒目付でおれも知っている。蓑助と佐治平の正体が知りたいのだ」

「……」

「千賀殿、明かしてくれるまでは帰らんぞ」

「……」

やがて千賀はふっと肩の力を抜き、憂いを含んだような目で一点を凝視すると、問わず語りに、

「三年前に掛川を出奔《しゅっぽん》してより、ろくなことがございませんでした。江戸にくればなんとかなると思っておりましたのに、この街はよそ者に冷たく、容赦がありません。浪人になった海江田には誰も救いの手を差し伸べず、職は次々と断ら

れ、あれほど意思の強い海江田でさえも自堕落にならざるを得ませんでした。わたくしも何かをして稼がねばと、焦って職探しをしてみたものの、女にしたる仕事などあろう道理がありませぬ。そうこうするうちに一年が過ぎて借金が嵩《かさ》み、にっちもさっちもゆかなくなり、とうとうわたくしは女郎に身を堕とす羽目に……ところがここは主夫婦に情けがあり、見知らぬ男に身を任せる辛さはともかく、ほっと安堵したのでございます。そうして気がついたら、二年が過ぎてしまいました」

月之介は口を挟まず、聞いている。

「この先に光明を見出さぬ限り、わたくしは今の仕事をつづけ、海江田もやくざの禄を食むことに変わりはございますまい。暮らしてゆくのが精一杯で、昔のことに引き戻されている暇はないのです」

「しかしな、千賀殿。蓑助という男の死を聞いて、不穏なものを感じぬか」

「不穏なもの……」

「何者かが寄場に押し入り、蓑助だけを殺した。恐らく狙いがあってのことであろう。その原因は昔の何かにあるとは思えんか。国表でどんなことがあったのだ」

「……」

千賀の表情にざわざわとした不安が浮かんできた。

「その魔の手が、もし海江田に及んだら」

「わたくしは何も知りませぬ」

「千賀殿」

「お帰り下さい、これ以上わたくしを責めないで下さいまし」

「責める？　やはり昔にひっかかりがあるのだな」

「もう何も申し上げられませぬ」

千賀が拒絶し、背を向けた。

「……」

月之介が静かに席を立ち、戸口へ向かう。

そこで千賀に何かを言おうとしてふり向くが、頑なその背は微動だもしなかった。

やむなく、月之介は立ち去った。

八

寺社のひしめく深川寺町の一角に、紅屋という花屋があった。

昼は供花を購《あがな》う客で賑わうが、夜ともなると様相は一変する。日の暮れ辺りから商家の旦那衆や遊び人風の男たちが集まりだし、紅屋の裏手から離れ座敷へ消えて行く。

そこで連日のごとく賭場が立つのだ。

女房はあくまで堅気の女だから、花売りに専念して離れのことには口を出さず、亭主の助五郎というのが賭場を仕切っている。この男は元やくざだから、昼は寝ていて、夜になると活動を始める。

海江田頼母はそこに雇われていて、時折顔を出すことになっていた。賭場で悶着でも起これば少しまとまった金になるが、ほとんど何事もなく、ふだんはわずかな足代ぐらいにしかならない。

しかしその晩は揉め事が起こったらしく、海江田は助五郎に呼びつけられた。深川を縄張りとする大貸元がいて、助五郎は最初からそこへ話を通し、賭場の上がりの何割かを払っているのだが、それをごまかしていると言われたようなのだ。

「ごまかしたのか」

海江田が問うと、四十男の助五郎は苦々しくうなずき、

「少しばかりつまんだだけなんだ。それをどこから嗅ぎつけたのか、代貸《だいがし》の政吉というのが談じ込んできやがった。五十両を払えと言うんだよ」

「払うのか」

「ああ、払わなきゃ賭場は潰される。深川でやっていけなくなっちまう。夜逃げなんかしたくねえやな」

「おれは何をすればよい」

「金を持って行って貰いてえ。おれが行くとまた四の五の言われて、場合によっちゃ袋叩きにされるかも知れねえ。そいつぁご免だ」

「わかった」

政吉は六つ半（七時）に海辺橋で待っているという。

海江田は五十両をひっつかみ、紅屋を後にした。

暗く寂しい寺町の道を行く。

ふところには五十両と、手間賃に貰った一両があった。この一両でようやくひと息つける。久しぶりに千賀の憂いのとれた顔が見れる。

しかし――。

五十両を持って江戸から逃げたらどうか、という考えが首をもたげてきた。江戸に未練はなかった。このままこの地にいても、先々運が開けるとも思えなかった。別天地へ行って千賀とやり直したかった。女郎の足を洗わせ、おのれもまともな生業《なりわい》を持つのだ。

迷いながらも、道を変えようとした。

だがすぐ先の海辺橋で人影がうごめくのが見えた。その何人かがこっちを窺っている。

決断が遅過ぎたようだ。

やむなくそっちへ向かった。

その時、近くでがさっと笹の揺れる音がした。

海江田がすばやく見やると、物陰にうずくまるようにして雛僧《ひなそう》がいた。来合わせたものの、不穏な様子にとっさに身をひそめたのに違いない。まだ七、八歳の小坊主だった。

向こうへ行っていろと雛僧に目で合図しておき、海江田は橋へ向かった。

政吉らしき男が中心にいて、その周りに五人のやくざが肩を尖らせている。

「助五郎はどうしたい」

政吉が海江田を見下《みくだ》して言った。

「助五郎はこぬ。おれが代理だ」

ふところへ手を伸ばし、五十両を取り出そうとして、やはり惜しくなった。

それで瞬時にして、六人を皆殺しにして逃げる決意がついた。

「しょうがねえなあ、話があったのによう。まっ、いいや、金は持ってきたのか」

政吉のもの言いにもむかっ腹が立った。これまでの江戸での不遇が怒りとなって爆発した。

「くれてやる、こっちへこい」

「なに、くれてやるだと？　この野郎、痩せ浪人の分際でなんてえ言い草だ。痛い目を見てえのか」

海江田を小馬鹿にして、政吉が肩を揺すりながら近づいてきた。

抜き打ちで政吉の脳天からぶった斬った。

「ぎゃっ」

血達磨《ちだるま》となり、政吉が転げ廻った。

他の五人が恐慌をきたした。だが逃げようとはせず、五人は一斉に長脇差《ながどす》を抜いて斬りつけてきた。希《のぞ》むところだった。右に左に凶刃を躱《かわ》し、手練の早業で刀をくり出した。首根から鮮血を噴出させ、あるいは横胴を払われ、たちまち二人が血に染まった。残る三人が同時に斬り込んできた。

それを海江田は余裕を持って応戦し、ずっしり重いふところの五十両を確かめながら斬り結んだ。

突然――。

背中に火のような痛みが走った。その刃先が臓腑《ぞうふ》を抉《えぐ》るのがわかる。背後から刺されたのだ。

「むむっ」

海江田が苦悶の声を上げた。

しかし三人は目の前にいるから、伏兵がいたのかとぎろりとふり返った。

黒装束に頭巾《ずきん》を被った女が抜き身の小太刀を手に立っていた。それは寄場で蓑助を斬り殺したあの女である。

(誰だ、なんだ、この女は)

女は目許に冷酷な笑みさえ浮かべているではないか。

「くうっ、貴様、何者だ……」

三人のやくざたちも女の出現には戸惑っていたが、海江田の隙を衝いて一斉に襲ってきた。

海江田が三方から斬り立てられた。

仁王立ちになっていた海江田が血の滲むような目で女を睨み据え、そして倒れ伏した。

それを見届け、女は次にかっとした目で三人を見た。

三人は女の手並を目撃していたから、戦々恐々《せんせんきょうきょう》となりつつも、それでも負けずに長脇差で身構えた。

そのなかへ女が小太刀を閃かせ、猛然と突進した。

絶叫が上がり、血飛沫《ちしぶき》が飛び、一瞬で三人が斬り伏せられた。

女はさらに海江田の許へ戻ってくると、その胸へ白刃を突き通し、留めを刺した。

鬼女とも見紛うその女は、小夜《さよ》といった。

九

海江田の遺体は、すべてを目撃していた雛僧によって通報となり、政吉ら六人共々、大八車二台で南茅場町《みなみかやばちょう》の大番屋へ運ばれた。

お鶴は北川町の家に父親の仁兵衛といたところへ知らせが入り、大番屋へ駆けつけた。

七人の遺体は大番屋の土間に並べられていたが、海江田のそれに屈んでいた浦島与惣兵衛が顔を上げ、お鶴を目顔で呼んだ。

海江田の死顔を見て、お鶴がはっと息を呑む。

「奥方へ知らせてやれ」

お鶴は浦島に言われて大番屋をとび出し、今の刻限を見計らい、大和町の小兵衛店ではなく、門前仲町の竜野屋へ向かった。

すると竜野屋近くの路地の暗がりから「お鶴」と呼ばれ、ふり向くと月之介が屋台に陣取って燗酒《かんざけ》を飲んでいた。竜野屋を出たものの、すぐに帰る気がせず、月之介は鬱々として酒を飲んでいたのだ。

「鎧様っ」

お鶴が駆け寄り、月之介に海江田の死を告げた。

「誰に斬られた」

「わかりません、やくざ六人と斬り合ったようなんです」

月之介は色を変えて大番屋へ向かい、お鶴は竜野屋へ入って行った。

月之介が大番屋へ行くと、吟味方与力の神坂乙三郎がきていて、浦島と共に検《けん》屍《し》に当たっていた。

この男は月之介と親交を結んでおり、難事件の相談や、あるいは町方が手を出せない厄介事などの処理を、月之介に頼む仲である。

三十過ぎだが落ち着きがあり、歳より老けて見え、えらの張った蟹《かに》のような面相をしている。いかつい感じだが物腰は穏やかで、思慮深い男である。いつもは継裃《つぎがみしも》に佩刀し、威厳のある与力の身装《みなり》なのだが、夜間の呼び出しで簡易な着流しに羽織姿だ。

「おお、よくぞ参られた」

神坂が丁重な扱いをするので、浦島は怪訝《けげん》に月之介のことを見た。

月之介は神坂の耳許で、

「有体に申そう。この浪人海江田頼母はそれがしの知り合いなのだ」

「なんと、左様でござったか」

「やくざたちと斬り合ったようだが」

「どうもそのようだな。たがいに烈しく疵《きず》ついておる」

「あ、いや、お待ち下さい」

浦島が口を挟んで、

「斬り合ったのは間違いありませんが、そう単純でもなさそうなのです」

「どういうことだ」

神坂の問いに、浦島がうなずいて一室に控えさせている雛僧を呼んだ。

雛僧が怯えた顔で土間へ下りてくる。

「これなるは、寺町にござる心行寺の小坊主でして、和尚殿の用事で出かけ、斬り合いに遭遇したそうなのです」

月之介が雛僧に屈み、

「何を見た、詳《つまび》らかに聞かせてくれ」

「こ、このご浪人様と男たちが斬り合っているところへ、頭巾の女の人が近づいてきまして、ご浪人様を後ろから刀で刺したのです。そのあと生き残った男たちも斬って、どこかへ行きました」

「女の顔は見たのか」

さらに月之介だ。

「いいえ、怖ろしくてとてもそんな。でも若くてきれいな人でした。斬っている時は鬼のようでしたけど」

雛僧を退らせ、月之介と神坂が立って向き合った。

「どう見るかな。女刺客は何者であるか」

掛川藩のことを打ち明けるわけにはゆかぬから、

「いや、不明だ。何もわからん」

「真《まこと》か」

「うむ」

疑わしい目の神坂に、浦島が近寄って、

「神坂様、こちらの御仁はどのような？」

「う、うむ、わしと昵懇の鎧月之介殿だ」

「ああ、この御方が鎧殿でござるか」

そう聞いたとたん、浦島は手の平を返したように月之介へ腰を屈めて、

「お噂はかねがね……みどもは定廻りの浦島与惣兵衛でござる。どうかお見知りおきを」

月之介が無言で会釈する。

そこへお鶴に伴われ、千賀が蹌踉《そうろう》とした足取りで入ってきた。

月之介と千賀が目と目を合わせた。

「千賀殿……」

千賀は月之介へ黙ってうなずき、海江田の遺体の前にそっと寄って屈み、そこで何も言わずに頭を垂れた。そして海江田の手を取って握りしめた。泪《なみだ》は見せないが、千賀の肩先は小刻みに震えていた。

十

神坂の許しを得て、大番屋の一室を借りることにした。

そこで向き合うと、千賀はようやく月之介に泪を見せ、手拭いで顔を覆って泣いた。さめざめと泣くその姿は哀れで、夫を亡くした妻の悲愁に満ちていた。

「無念であるな」

押し黙っていた月之介がぼそっと言った。

千賀は泪を拭い、目を落としたままで、

「これもわたくしの定めかと……」

「いや、定めなどではないぞ」

月之介が千賀の言葉を強く否定し、

「海江田を殺した相手はあのやくざどもではないのだ。見ていた者がおり、頭巾を被った女であったと」

「女ですと?」

「心当たりはないか」

月之介が食い入るように千賀を見た。

千賀は小さくかぶりをふっている。

「寄場で蓑助を討ち果たしたのも、恐らくその女であろう」

「……」

「千賀殿、事ここに至ってもまだ明かせぬと言われるか」

「……」

「千賀殿」

「今さら昔のことを明かしたとて、海江田は戻りませぬ」

「海江田はそうだが、まだ伊丹、早川、佐治平がいるのだ」

「訪ね歩くおつもりですか」

「無益な流血は防がねばなるまい。無念の死は海江田だけでよかろう」

「……」

それでも千賀は逡巡していたが、やがてそれを断ち切り、顔を上げると、

「……三年前のことでございます」

「うむ」

「遠江《とおとうみ》、駿河《するが》の両国一帯が、未曾有《みぞう》の飢饉《ききん》に襲われました」

月之介が首肯《しゅこう》し、

「そのことならおれも知っている。隣りの駿河では農民たちが年貢の減免を求め、決起して大変なことになったと聞いた」

「わが遠江もおなじでございました。掛川藩伊豆国《いずのくに》の飛地陣屋《とびちじんや》の周辺には、一俵武士と称せられる準家臣団がおります」

それにも月之介はうなずき、

「掛川藩に郷士制度はないが、そういう在郷居住の家臣団がいることは知っている」

「その者たちが反旗をひるがえし、農民を煽動して暴動を起こそうとしたのです」

月之介が目を開き、

「そんなことがあったのか……いや、おれはその頃書物奉行を仰せつけられたばかりで、藩蔵書の編纂《へんさん》に追われ、そういう不穏な動きは聞かぬこともなかったが、不明であったのだ」

「存じております。蔵書の管理は並大抵の者には務まりませぬ。木暮様はよくやっていると、家中の評判でございました」

「いや、まあ……して、海江田たちは一俵武士の動きを察知したのだな」

「はい。すぐさま鎮圧に向かいました」

「では蓑助と佐治平というのは」

「徒目付が使っていた密偵、小者でございます。その二人が暴動を嗅ぎつけたのです」

「それで、どうなった」

「伊豆国原川村の鳥居新六郎《とりいしんろくろう》と申す者が元凶でございました。鳥居は下層武士の怨念を強く持っており、飢饉にかこつけ、藩に対してひと戦《いくさ》仕掛けるつもりでいたのです。そこへ海江田たちは乗り込みましたが、思わぬ反撃に遭い、一旦は引き揚げたものの、本家の意地を見せて夜討ちをかけました」

「それがおれも耳にした原川村の焼き討ちなのだな」

千賀が確とうなずき、

「鳥居の首を取り、それでも抗《あらが》うことをやめぬ何人かの農民をも討ち取り、ようやく事は納まったと聞き及びます」

「では謎の女刺客はその残党ではないのか」

「わたくしもそう思っております。海江田も蓑助も、報復をされたものと」

そう言ったあと、千賀は唇を嚙んで、

「しかるに海江田たちのやったことが近隣諸国に知られ、人道に反すると殿が非難を浴びました」

「それで海江田たちは、藩にいづらくなったというわけか」

「お察しの通りです。藩のために致したことなのに、石もて追われる仕儀と相なり、これほど理不尽な思いをしたことはありませぬ。それで海江田たち五人、それとわたくしとで掛川を出奔致したのです。されど途中までは一緒でしたが、やがて東海道でばらばらになってしまいました」

月之介がふっと虚無なうすら笑いを浮かべ、

「いつの場合もおなじだな。おれも藩のために働いたつもりなのに、形勢が逆転して奸賊《かんぞく》扱いにされた。揚句はこのざまだ」

「心中、お察し致しまする」

「ところで千賀殿、蓑助が寄場にいたことは知っていたのか」

「いえ、そこまでは……されど蓑助は海江田を追うようにして江戸へ出て参り、どこかでつなぎをつけて会ったようでございました。されどその時の二人がどんな話し合いをしたのか、今となっては知る由もございませぬ。寄場に入ったということは、蓑助も荒《すさ》んだ暮らしぶりだったのでございましょう」

「ほかの三人の消息は聞かなかったのだな」

「はい、一度も。江戸へ参ってからは以前お話致しましたように、苛酷な暮らしとの闘いが待っておりましたので、わたくしも海江田も暫くは掛川のことは忘《ぼう》却《きゃく》しておりました」

月之介が決意の目を向け、

「千賀殿、おれはこれより東海道を上り、伊丹たちの暗殺を食い止めるつもりでいる」

「まあ、それは……」

千賀が束の間、愁眉《しゅうび》を開いた。

「伊丹、早川の顔は知っているが、佐治平がわからん。面体を教えてくれ」

千賀が矢立と懐紙を取り出し、さらさらと筆を走らせて佐治平の人相を書いた。

月之介はそれを受け取ると、

「千賀殿、事がすべて終わったあとに、海江田の墓前でまた会おうぞ」

その言葉に対し、千賀は何も言わず、白い顔でうなずいただけであった。


大番屋の外へ出ると、静かな絹雨が降っていた。

「鎧様」

お鶴が追ってきて番傘を差しかけ、二人してひとつ傘で歩きだした。

「お鶴、猫千代を呼んできてくれ」

「はい」

「おれの道場で、おまえと猫千代に言って聞かせる話がある」

月之介は腹心の二人に、おのれのこれまでの前歴、経緯を語る決意を固めていた。

「わかりました」

お鶴も只ならぬ月之介の様子に、なんらかの察しをつけたようだ。

春雨が二人の肩先を濡らしていた。

第二章　戸塚の風

一

東海道戸塚宿は大きな宿場で、町の長さは二十丁余に及び、戸数は三百五十軒以上である。そして本陣宿は二軒、脇本陣は三軒もある。

江戸からは十里半の道程となり、鎌倉、江ノ島、七里ヶ浜はすべて三里四方にあって、海の幸にも恵まれている。さらに生活必需品を売る店屋は五十軒以上に及び、旅人や宿場住人の暮らしに不足はない。むろん宿場につきものの女郎屋もあり、旅籠《はたご》には飯盛女《めしもりおんな》もいる。

江戸が近いから田舎臭くなく、むしろ垢抜けている。

そんな戸塚宿で、柏屋《かしわや》といえば一、二を争う大旅籠だ。

そこの女将《おかみ》のお徳《とく》は三十半ばを過ぎた大年増ではあるが、浅草や深川にいてもちっともおかしくない小股の切れ上がったいい女である。まさに柳眉細腰《りゅうびさいよう》を絵に描いたような美形だが、わけあって亭主をなくした今は、ひとり娘のお園《その》の成長を生き甲斐《がい》とし、男を断って孤閨《こけい》を守って生きている。

その潔《いさぎよ》さがまた宿場の男たちの垂涎《すいぜん》の的となり、言い寄る者も多いのだが、お徳は断固としてはねつけている。娘の成育と旅籠の繁栄しか、頭にないのである。

その日は江戸からの大山詣《おおやまもう》での団体客でほとんどの部屋が埋まってしまい、柏屋はてんてこまいであった。

大山は別名雨降山《あぶりやま》、阿夫利山《あふりやま》ともいわれ、その山頂に雲がかかるとかならず雨が降ると伝えられていて、関八州《かんはっしゅう》の雨乞い霊場として古くから開けている。江戸から十八里という手頃な地の利、そして信仰、慰安をかねた物見遊山の旅として、昨今、大山詣では大流行なのだ。

もう夕暮れが近いから料理場は戦場のようで、料理人たちの怒鳴り合うような声やら、また客に用を言いつけられた女中たちが慌ただしく行ったり来たりしている。酒屋なども忙しく出入りをしている。

それらの喧噪を心地よく耳にしながら、お徳が帳場で団体客の人数調べをしているところへ、番頭の治兵衛《じへえ》が結び文をこれ見よがしに掲げ、表から店土間へ駆け込んできた。

「女将さん、付け文でござんすよ」

皺《しわ》だらけの五十面を下げて治兵衛が言う。

お徳への付け文はしょっちゅうだから、そのことを治兵衛はからかっているのだ。

お徳が憮然として結び文を開くと、

「ちょいときておくれ　くま」

と書いてある。

「あいつ……」

お徳が小さくつぶやいた。

くまというのは熊子屋時蔵《くまこやときぞう》のことで、お徳の幼な馴染みなのである。

時蔵は戸塚宿の名士の一人で、父親の代を継いで問屋場《といやば》を営み、荷駄の権利も握り、店屋も何軒か持っている。熊子屋という屋号はそれら店屋に使っていて、それで自然と宿場では、熊子屋の旦那、と言われるようになったのだ。

そういった富裕な男なのだが、数年前に女房に死なれ、後添えも貰わずに毎日を腐って生きている。

遠慮会釈のない仲ではあるが、近頃お徳は時蔵に鬱陶《うっとう》しさを感じてならない。それは自分に注がれる時蔵の視線のなかに、時折男の欲望が見え隠れするからだ。幼な馴染みであれなんであれ、今のお徳は男と交わるつもりはさらさらないのである。

しかし時蔵がきておくれと言っている以上は無視することもできず、仕事を切り上げて帳場を出た。

「ちょっと出てくるよ、治兵衛」

「へい、お楽しみを」

「何を楽しむんだえ」

お徳がきっとなって言うと、軽はずみなことを言った治兵衛が慌てて首を引っ込めた。

「おまえさんのことは身内のように思ってるってのに、世間の男とおなじような言い方をするんなら、あたしの方にも考えがあるよ」

わざと権高に言ってみた。

「す、すみません、女将さん。悪気は一切ござんせんので」

治兵衛が平身低頭する。

「ふん」

怒って下駄をつっかけた。

二

宿場は本陣宿と問屋場があって成立するもので、特に問屋場はその中枢の役割を担っている。

問屋場は人馬の指引《さしひ》きや休泊の世話など、宿場事務の一切を統括している。問屋役の下には年寄、帳付け、人足指し、馬指し、迎え番などがいて、それらを総じて宿役人と称している。年寄というのは助役のことである。

また問屋役に対して本陣職というものがあり、これも家作や田畑山林などを多く持ち、その土地で由緒正しい家の者がなっている。

江戸のような大都会とは比べものにならないが、小なりといえども、このようにして宿場というものは自治行政面の体系が整備されているのである。

お徳が問屋場へ入ってくると、年寄が何人かの旅人に応対していて、帳付けと馬指しが算盤《そろばん》を片手に運賃のことを調べていた。

ざわついたそんななかを、お徳は年寄たちに会釈して奥へ通って行く。おなじ宿場の住人同士だから、気心の知れた仲なのである。

奥の間では、熊子屋時蔵が塞ぎ込んだ様子で酒を飲んでいた。

あぐらをかいた上体がゆらゆらと揺れているところを見ると、どうやら日のあるうちから酩酊《めいてい》しているようだ。

「時ちゃん、駄目じゃないか、昼間っから。問屋場の主がそんなことでどうするのさ」

幼な馴染みの頃からの呼び名を使い、お徳は座るなり説教口調になった。

時蔵はのっぺりした能天気《のうてんき》な顔立ちで、育ちのよさがそのまま曖昧《あいまい》さと意思の弱さにつながって、歳はお徳とおなじなのに、いつも彼女の前では年下の気弱な坊やのようになってしまう。

「お徳、おれはもういけないよ」

時蔵がそう言うから、お徳は面食らって、

「いけないって、いったいなんの話さ。金にでも困っているのかえ」

「金なんか唸るほどあるよ。そうじゃないんだ。隣りの藤沢宿の後家で、いい人がいたんだよ」

「あらあ」

「歳はおまえなんかよりずっと若くて、肌もすべすべしていてね」

「おや、そりゃ悪うござんしたね」

お徳が気を悪くする。

「器量もいいし、子供だって産んでないから娘の時のままの躰をしていてさ、その人と縁談が持ち上がって、向こうも乗り気んなったんだけど、いざとなったらあたしの気持ちが引けちまってね、それで縁談は紙吹雪《かみふぶき》みたいにぱあだ」

「どうしてなのよ。さっさと後添え貰えばいいのに」

「さあ、どうしてかね。わかりそうなもんだけど」

恨めしいようにお徳を見た。

「ちっともわからないわよ」

「それじゃはっきり言わして貰おう、おまえのことが頭を離れないんだ」

時蔵がいきなりお徳の手を取った。

「気心の知れたおまえが一番いい。ほかの人なんか目に入らないんだよ、お徳」

ぴしゃり。

お徳は時蔵の手の甲をひっぱたいて身を引くと、

「なんの用かと思ったら、昼間っから女を口説《くど》こうなんてとんでもない話だわ。その手には乗りませんからね。人をからかうのもいい加減にして頂戴」

「そう邪険に言うなよ。おたがい知り尽くした仲じゃないか」

「知り尽くしたって、あたしの何を知ってるってのさ」

「おまえだって亭主が女を作ってとび出して行っちまったんだ。さぞ寂しいと思うよ。だからさ、ここは寂しい者同士で身を寄せ合わないかえ。お園だってあたしによくなついてるし、何もかもうまくいくと思うんだけど」

お徳の亭主は村の後家とねんごろになってしまい、それで五年前に何もかも捨てて宿場をとび出してしまったのだ。

「そういう話でしたらお断りよ。なんで今さらあんたなんかと。忙しい時にくだらないことで呼びつけないどくれ。はい、さよなら」

お徳は小気味よくぽんぽんとまくし立てると、怒った足取りで出て行ってしまった。

（あのわからず屋め、からかってなんかいないよ、真剣なのに……）

時蔵はしゅんとなって、とほほと胸の内で嘆いた。

三

お徳が柏屋へ戻ってくると、四人組の旅人が土間に立っていて、治兵衛と宿泊の交渉をしていた。

「あっ、女将さん、丁度いいところへ」

治兵衛が寄ってきて、お徳に事情を説明する。

「こちらのお客さん方があちこちで断られてお困りなんですよ。なんでも脇本陣でも断られたそうでして、けどうちだって大山詣でのご一行様でいっぱいだとは申したんですが」

本陣というのは半ば公設機関のようなものなので、宿泊者の身分に制限があり、泊まれるのは勅使《ちょくし》、院使、宮、門跡、大小名、また旗本では駿府、大坂、二条城御番衆のほか、公用の幕臣、諸大名の老職や女房衆、それに外国使節などと定められている。

これに対して脇本陣は、空いてさえいれば富裕層の商人ぐらいまでは泊めるのである。

今日は参勤交替《さんきんこうたい》の小田原藩の一行が泊まっているから、本陣も脇本陣もいっぱいで、商人などは断られて当然なのだ。

「それはお困りでございますねえ」

お徳が四人へ寄って行って言った。

主らしき男は人品卑しからぬ風情で、五十がらみの髪は半白となり、それが上品な印象を与え、上物の絹の着物を着ている。それに番頭、手代がしたがい、もう一人は二十半ばの若旦那風である。これはおっとりした、色白のやさ男だ。

四人とも道中合羽に菅笠《すげがさ》、ふり分け荷物を肩にした身装は尋常な旅姿である。

主がお徳へ腰を低くして、

「これは、女将さんでございますか。あたくしは勢州《せいしゅう》から参りました伊勢屋《いせや》吟右衛門《ぎんえもん》と申します。上州で絹の買い付けを致しまして、その戻りなんでございますよ。行きはよかったのですが、なんですか帰りはどこも立て混んでおりまして、難儀をしております。どうでしょう、土間の片隅でも構いませんから泊めて頂くわけには参りませんかな。もう宿を探すのも疲れ果てました」

疲労を滲ませ、それでもものやわらかな口調で吟右衛門が言った。

伊勢国の伊勢商人は珍しくないが、そのなかでもこの主はかなりの分限者《ぶげんしゃ》なのではないか。脇本陣に宿を乞うなど、ふつうの商人はしないはずだ。

そんな上客を断ったら罰が当たると思い、お徳は懸命に考えめぐらせた。

部屋はすべて塞がっているが、その時、ぱっと閃いた。

「どうでしょう、離れでよろしければお泊めできますが」

それはゆくゆくお園に代を譲った暁《あかつき》には、自分の隠居所のつもりで建てた家だった。

「ええ、どこでも構いませんよ。いや、助かったねえ」

吟右衛門が言うと、連れの三人もほっとした笑顔になった。

四

その頃、鎧月之介は程《ほど》ヶ谷《や》宿にいた。

江戸を発ったのは二日前なのだが、品川、川崎、神奈川と、街道をつぶさに踏査していて時を要したのだ。目指すは戸塚宿にいると思《おぼ》しき伊丹欽之丞なのだが、そこへ乗り込む前に近在を調べてみる必要にかられた。

同行者はお鶴と猫千代である。

事件の行きがかり上お鶴を外すわけにはゆかず、といって、旅先で彼女と二人だけというのも、お鶴が若い娘だけにどうにも気が引けた。それで猫千代につき合わせたのだが、彼は遊山旅のようにはしゃいでついてきたものだ。

　程ヶ谷は戸塚ほど大きくはないが、それでも町の長さは十丁余、戸数は三百余で、本陣は一軒、脇本陣は二軒である。程ヶ谷を界にして、武蔵国《むさしのくに》から相模国《さがみのくに》へ入ることになる。

　それで今日の昼に程ヶ谷へ着き、木賃宿《きちんやど》に投宿し、三人連れだから宿で一番広い八帖間に陣取った。宿を定めておいて、三人はそれぞれ伊丹欽之丞の情報を求めて近在へ出かけた。

　日暮れ近くになって、一番に帰ってきたのは猫千代で、その後がお鶴だった。

「どこまで行ってきた、お鶴ちゃん」

　猫千代が聞くので、お鶴は近在の村々の名を挙げ、怪しい人物との遭遇もなく、徒労だったことを告げる。

「猫千代さんは」

「それが誉田坂《ほんだざか》ってえ所の地蔵堂で昼からずっと寝ちゃってさ、死んだおっ母さんが夢枕に立って慌ててはね起きたんだ」

「猫千代さんてどこ行っても暢気《のんき》なのね。それじゃ何しにきたのかわからないじゃない」

「あははは、そうかも知れない」

　そう言った後、ばたばたとお鶴に寄って、秘密めかした声になり、

「それよかお鶴ちゃん、鎧の旦那の打ち明け話、どう思った」

二人は江戸を発つ前に、月之介から掛川藩を脱藩するに至った経緯《いきさつ》を聞かされたのだ。

「それはちょっと待ってよ、猫千代さん。軽々しく口にすることじゃないわ。これは鎧様の重大な秘密なのよ、あたしたちで守らなくちゃいけないの。人に話しては駄目よ」

「そんなことわかってるけどさ……」

「あんなひどい目に遭わされて、鎧様がどんな思いを重ねて江戸まできたか、察するに余りあるわ。そのことを考えるとあたしはとても哀しい気分よ」

「そうだよねえ。掛川藩のやり方もあんまりだよ。旦那を道具みたいにして使っときながら、形勢が逆転したら奸賊呼ばわりになっちまうんだから。あたしも哀しい気分だよ、お鶴ちゃん」

そこへ月之介が帰ってきた。

「どうでしたか、鎧様」

早速お鶴が問いかけた。

「明朝一番にここを出る。近在に片平《かたひら》の里というのがあり、そこへ向かうことにした」

「何かあるんですか、そこに」

さらにお鶴だ。

「ある浪人の噂を聞いた。その人相風体が伊丹欽之丞にそっくりなのだ」

「まあ……」

「そのご浪人、何やらかしたんでしょう」

猫千代の言葉に、月之介はかぶりをふり、

「何をしたというわけではない。しかし丁度三年前から里に住みつき、安楽寺という寺を借りて寺子屋の師匠をやっていると聞いた。勉学の教え方がうまいという評判なのだ。田中主水《たなかもんど》と名乗っているようだが、伊丹の偽名なのかも知れん」

それがもし伊丹だったら、月之介としては女刺客の魔の手が伸びていることを知らせてやりたかった。

「わかりました。それじゃ明日早速」

お鶴はそう言うと、月之介へ改まったようになり、

「でも鎧様、よくぞあたしたちに重大な秘密を打ち明けて下さいましたね。なんだか胸の痛くなるような思いですよ」

「お鶴、そんなに畏《かしこ》まらないでくれ。江戸に住む浪人なら、誰しも疵の一つや二つは持っているものであろう」

「ええ、でも……」

「旦那、辛い時はこのあたくしが抱きしめて上げますからね」

猫千代がなよっとした仕草で身を崩した。

「何馬鹿なことしてるのよ、猫千代さんは」

お鶴が目くじらを立てた。

「たはっ、また怒られちゃった」

五

翌朝になって、伊勢屋の一行が出立できない事態が生じた。

旅支度を整え、離れから渡り廊下をやってきた吟右衛門が途中で腹痛を訴え、そのまま倒れてしまったのだ。

それを母屋の方から見ていたお徳が青くなり、治兵衛と共に駆け寄った。

若旦那、番頭、手代の三人も慌てふためいている。

大山詣での団体はすでに出立した後だったので、宿は閑散としていた。台所で片づけものをする女中たちの、明るい笑い声だけが聞こえている。

「どうなさいました、旦那様」

お徳が吟右衛門を心配した。

「あ、あたくしには持病がありまして、急な差し込みが」

倒れたままの吟右衛門が、苦しそうな息の下から言う。

「持病ですって」

お徳の問いには、若旦那が答えて、

「お父っつぁんは癪《しゃく》の病い持ちなんですよ」

「まあ、それは……」

そこで初めてお徳は若旦那と言葉を交わし、その端正な顔立ちを間近に見ることとなり、改めて見直すような気持ちになった。

すぐに女中に医者を呼びに行かせ、そうして一行はまた元の離れへ戻り、やむなく出立を遅らせることになった。

やがて医者がやってきて、吟右衛門の治療に当たった。二、三日は安静にして、様子を見た方がいいと医者は言う。

「こんなことになって申し訳ありません」

医者を送り出した後、若旦那が帳場へきてお徳に言った。

男前なだけでなく、物腰も折り目正しい若者だ。

「いいえ、そんなことは一向に構わないんですよ。旅先では予想もしないことがありますからねえ」

「お言葉に甘えて、ここに少し逗留《とうりゅう》させて頂きますので、どうかよろしく」

「ええ、どうぞ」

お徳が快く承諾すると、若旦那は遅ればせながらと言い、正吉《しょうきち》と名乗った。

そして一礼して立ち去った。

それと入れ違いに、ひとり娘のお園が帳場へきた。

「おっ母さん、今の人、いつから泊まってるの」

十七の娘盛りが、興味津々《しんしん》で正吉のことを聞く。

お園はお徳にそっくりの美形である。

お徳が警戒の目になって、

「なんでそんなこと聞くんだえ」

「だってあの人、羽左衛門《うざえもん》張りのいい男じゃない」

羽左衛門とは当代人気の十一代市村《いちむら》羽左衛門のことで、去年の春に母娘で江戸見物をした折、葺屋町《ふきやちょう》の市村座でその大芝居を見たのである。それ以来、お園は羽左衛門熱に浮かされていた。

「おまえ、どんないい男でもお客さんなんだからね、口なんか利いちゃいけないよ。それより今日はお稽古事の日じゃないか、とっとと行っといで」

「ふんだ、人の恋路を邪魔する奴は馬に蹴られて死んじまえ」

憎まれ口で、お園が立ち去った。

「まったく、あの子ったら……」

仏頂面でお徳がぼやく。

するとそこへ治兵衛が、あたふたと離れの方からやってきた。人から預かったらしい金箱のようなものを両手で抱えている。

「お、女将さん、これを蔵へしまいたいんですが」

「なんだい、そりゃ」

治兵衛が辺りを憚《はばか》り、小声になって、

「伊勢屋さんの四郎二郎《しろじろう》さんという番頭さんから、これを預かってくれないかと言われまして」

「中身は何さ」

「あたくしも番頭さんに見せられて、びっくりしたんでございますよ」

治兵衛が恐る恐る金箱の蓋を開け、なかをお徳に見せた。

そこには小判、丁銀、一分金などがぎっしり詰まっているではないか。ざっと見積もっても百両はあるかと思われた。

「んまあ、大変な大金じゃないか」

「さすが伊勢屋さんでございますな、お大尽《だいじん》ぶりが半端じゃございません」

「……」

やはり宿を断らなくてよかったと、そこでお徳は得心したのである。

六

田中主水は、伊丹欽之丞とは似て非なる男であった。

安楽寺の教場から出てきたところを正面から見て、月之介は失望した。

猫千代とお鶴は少し離れた木陰から、月之介の様子を固唾《かたず》を呑むようにして見守っている。

片平の里は一面に田畑が広がり、村落があちこちに点在するのどかな里で、そこに安楽寺は鬱蒼とした鎮守の森に囲まれたなかにあった。

田中が怪訝な顔をするのへ無言で会釈し、月之介は編笠を下げて踵《きびす》を返した。

すると玉砂利を踏んで田中が追ってきた。

「ご貴殿、もしや……」

田中がそう言うから、月之介は立ち止まってふり向き、笠を上げて相手をよく見た。

もしやと言われても、その顔に憶えはなかった。

「掛川藩におられた木暮月之介殿ではありませんか」

二十半ば過ぎの田中が、半信半疑の面持ちで言う。

月代を伸ばし、田中はよれよれの着流し姿である。その腰に両刀はなく、代りに何冊かの分厚い本を抱えている。

月之介は戸惑いで、

「はて、いずこで……」

「それがし、横須賀藩《よこすかはん》にいた田中主水と申します」

それでも月之介にはわからない。

田中は苦笑を浮かべ、気恥ずかしそうに横鬢《よこびん》の辺りをぽりぽりと掻いて、

「いや、まあ、憶えておられなくて当然ですよ。それがしは横須賀藩の学問所、修道館にて漢学の教授をしておりました。過ぐる年のことですが、当家で不足しておりました儒学の書を、掛川藩の書物方に借りに参ったことがあります。いや、掛川藩の蔵書は大変な量でしたからな。応対して下されたのは斎藤氏と申す若い方でしたが——」

月之介の眉がぴくりと動いた。

その斎藤は彦助といい、確かに月之介の下僚であった。

「その折にご貴殿をお見かけ致し、斎藤氏に聞きましたら、書物奉行の木暮月之介殿だと教えられたのです」

月之介も苦笑して、

「それだけのことなのに、どうして憶えておられた」

「はあ、木暮殿は書物奉行と併せて槍奉行も兼任なされていると聞き、文武を股にかけて大した御方だと、そう存念したことが強く焼きついておりました」

「それは忝《かたじけな》い。失念してご無礼をした」

「いえ、そんな」

田中が恐縮する。

「して、みどもとてそうだが、お主はどうして脱藩したのだ」

「国学の教授方と師弟の扱いで対立してしまいまして、それで気まずくなって禄を離れることに相なったのです。三年前よりこの地に落ち着き、安寧《あんねい》を得ておりますので、今ではこれでよかったと。悔やむ気持ちはありません」

三年前にこの男が脱藩していたのなら、その後の月之介と公儀隠密との騒動は知らないはずだった。

田中は見るからに好人物だから、あえてそのことは伏せようと思っていると、

「木暮殿、このような所で会ったのも何かのご縁かと。よろしかったら拙宅にお越し下さらんか。十分なことはできませんが、ご貴殿と是非一献傾けたいのです」

田中が提案した。

「うむ……」

月之介が困った顔になって、猫千代とお鶴の方を見た。

七

昼のうちは仕事にかまけて忘れていられるものの、夜ともなると寂しさひとし

おで、熊子屋時蔵はこのところ鬱々とした日々を送っていた。

三十も半ばを過ぎて人生のたそがれを感じてきたからなのか、それとも自分でも気づかなかった、眠っていたお徳への思いが目を醒ましたのか、よくわからないが彼女が恋しくてならない。宿場にこれといって胸のときめくような女がいないから、今ではひたすらお徳なのである。

問屋場は夕方の七つ（四時）には閉めるので、働いている者は残らず帰ってしまう。使用人は中年の女中二人だが、これも時蔵の晩飯を作ると帰って行き、広い家のなかにぽつんと取り残される。

女郎や飯盛女など、寂しさを紛らわそうとすればその手の女はいくらもいるが、その後で口さがない宿場の連中に何を言われるかわかったものではない。宿場という箱庭のような小さな世界で、問屋役という栄誉職などをやっていると、みだりに女色と交わることもままならないのだ。

砂を嚙むような味けない晩飯を一人で食べ終え、「はあっ」とやるせない溜息を吐き、時蔵はまた酒に手を伸ばした。寝るには早過ぎるし、酒で自分をごまかすしかなかった。

そこへひょっこりお徳が訪ねてきた。

酔うほどに淫らな気持ちが首をもたげ、お徳の裸体を想像して鼻の穴を膨らませていたところだったから、実物が突然目の前に現れて、時蔵は仰天して酒をこぼしてしまった。

「ひゃっ」

畳にこぼれた酒を慌てて手拭いで拭く。

「何をそんなに驚いてるのさ。久しぶりってわけでもなく、昨日も会ったばかりだってのに。時ちゃん、あんた少しおかしいよ」

「そ、そうだね、ちょっとおかしいね」

お徳に不埒《ふらち》な思いを勘づかれないよう、時蔵は懸命に取り繕《つくろ》った。

「こんなだだっ広い家のなかでひとり酒なのかい」

「いつもそうだよ」

「やだねえ、いい歳した男が。桔梗屋《ききようや》さんへでも行ってさっぱりしてきたらいいじゃないか」

桔梗屋とは、宿場にある女郎屋のことだ。

「大きなお世話だよ。それにあたしは商売女は嫌いなんだ。人が何しようが勝手だろう」

「そりゃそうだけど……ねっ、一杯貰っていいかえ」

お徳が空の徳利をふって言う。

「ええっ」

時蔵がのけ反ってまた仰天した。

「またそんなすっ頓狂《とんきょう》な声出して。あたしが酒好きなのは知ってるはずだよ」

「わ、わかった」

時蔵は足が地に着かない様子で台所へ行き、いそいそと酒の支度を始めた。

いつになく胸の高鳴りを覚えていた。今夜はお徳と一線を越えてしまうかも知れない。それはまさに希むところで、もしそうなったら盆と正月がいっぺんにきたことになる。しかしそれにしても、お徳は何をしにきたんだろう。こんなことはいつにないことだから、見当がつかない。

「何してるんだい、早くしておくれよ」

「はい」

お徳にせっつかれ、時蔵は急いで酒の膳を運び、その前にぺたんと座った。思わず笑みがこぼれてしまう。

「気持ちの悪い男ね、何にやついてるのさ」

「い、いや、そのぅ……」

「ああ、おいしい」

手酌で一杯飲んだお徳がつくづく言った。

「今日はやけに機嫌がいいんだね」

「わかる？」

「何かいいことでもあったのかい」

「幸運がさ、天から舞い降りてきたのよ」

「そりゃどういうことだい」

「ううん、あんたにはまだ言えない」

時蔵が気を廻し、焦ったようになって、

「おい、まさかおまえに縁談が持ち上がったなんて言うんじゃないだろうね」

「そんなことあるわけないでしょ。男はもう懲《こ》りごりだっていつも言ってるじゃない」

「そ、そう言ったものでもないと思うけど、聞かせとくれよ、その幸運ての」

「うふん、じゃちょっとだけ」

「ああ」

「もしかして娘が玉の輿《たまのこし》に乗るかも知れないんだよ」

「そんな良縁がどこにあったんだい」

「それは秘密。でもうちにとっちゃ願ったりの話なのさ」

「ふうん、まっ、お園が片づく分にはあたしは一向に構わないんだ。おまえさえいてくれりゃそれでいいよ」

お徳が時蔵の顔に指を差して、

「その目」

「なに」

「あたしを見るいやらしい目」

「わかるのか」

「だからね、変なことにならないうちに今夜はこれで」

「あっ、待ってくれ、じっくり飲もうよ、お徳ちゃん」

引き止める時蔵を邪険にふり払い、

「勝手言ってすみませんでした」

袖を鳶《とんび》にして、お徳はひらひらと立ち去った。

「まったく、人騒がせな奴め」

ひとりごつ、ぐびりと酒を飲み、

（それにしても、いったいどんな玉の輿なんだ……）

時蔵は気になる視線をうろうろとさまよわせた。

八

田中主水は身装は構わない男だったが、片平の里にある住居は立派なものだった。

大きな百姓家を借り受けていて、そこに妻との二人暮らしである。寺子屋のない時は野良仕事に励んでいるという。夫婦の間に子はなかった。

妻は遠州の女だったから、掛川出身の月之介をなつかしがり、歓待してくれた。

まだ日も暮れないうちから酒となり、月之介を相手に盃を交わしながら、田中は多弁だった。妻同様に、同国の人間との邂逅《かいこう》がよほど嬉しかったようだ。話題はとりとめのないものが多かったが、元の藩への未練が時折垣間見えた。離藩したくなかったのが田中の本音らしかった。

そうして夜が更けても酒はつづき、むろんその晩は泊まることになり、猫千代とお鶴は別室へ引き上げた。

やがて給仕をしていた田中の妻も退り、月之介と田中の二人だけになった。

うそ寒い春の宵が深々と深まっていく。桜花が爛漫《らんまん》と咲き誇るのはまだ尚早であった。

囲炉裏《いろり》の火が赤々と燃え、それに手をかざしながら、田中が妙な話を始めた。

「この一、二年のことなんですが、ここいら一帯の街道筋を、悪い奴らが跋扈《ばっこ》しておりましてな」

「悪い奴ら……」

「それが千変万化でして、かつての日本左衛門《にほんざえもん》の如く徒党を組み、強力《ごうりき》をもって押し込みをするかと思えば、少数にて騙《かた》りを働き、大金をせしめる場合もあり、極めて狡智《こうち》に長《た》けた一味なのです。それはまるで犯科を犯すのを愉しむような不届きな連中で、泣かされた者は数知れず、なかには身代を根こそぎやられて一家心中をしたような例もあるのです」

聞き捨てのならない話だった。

「尻尾《しっぽ》をつかませんのか」

月之介が眉間を険しくして問うた。

「はあ、どうもそのようでして……いや、そのう、日本左衛門の名を出して、お気を悪くなさらんで下され」

「いや、そんなことは……」

田中の気遣いに、月之介が苦々しい表情で答える。

日本左衛門こと浜島庄兵衛《はましましょうべえ》は、今から七十年近く前の延享《えんきょう》の頃、遠州から駿州にかけて跳梁《ちょうりょう》跋扈した大盗賊である。後の世の文久《ぶんきゅう》三年（一八六三）に、河竹黙阿弥《かわたけもくあみ》が「白浪五人男《しらなみごにんおとこ》」として歌舞伎芝居に書き下ろして大当たりを取ったもので、「問われて名乗るもおこがましいが」の日本左衛門の名科白《めいせりふ》はつとに有名である。

掛川藩では日本左衛門を捕縛することができず、怒った幕府はその責務を負わせ、当時の掛川藩主小笠原家を奥州棚倉へ転封させたほどであった。

その後、日本左衛門は京都で自訴し、江戸へ移送されて斬首となっている。

月之介が仕えた藩主は、その小笠原家に代って就封した太田家であるから、直接日本左衛門の件は関《い》わりないのだが、おなじ掛川藩という藩史の流れのなかで、それは蛇蝎《だかつ》の如く忌み嫌われた名なのである。そのことを、田中は気遣ったのだ。

「どうかな、もう夜も更けてきたようだ」

月之介が就床をうながした。

「はっ、そうですね……木暮殿、では明日、もうひと晩泊まってゆきませんか」

懇願するような田中の目だ。人恋しさがその面上に表れていた。

月之介は田中の厚情を持て余し、苦笑でかぶりをふって、

「ご厚意だけ受けておこう。それがしにはやらねばならぬことがあるのだ」

「やらねばならぬこと……その話を聞いてませんでしたな。是非とも打ち明けて下され。酒ならまだありますよ」

「お主を巻き込むつもりはない。容赦してくれ」

「はあ……」

それでようやく月之介は、別室へ引き上げることができた。

すると猫千代がまだ起きていて、寝床のなかから、

「随分と田中様に気に入られたもんですね、旦那」

「うむ、まあな」

「こんな所に住んでるとさぞかし寂しいんでしょうねえ。あるのは畑と鎮守の森だけですから、もうあたくしだったら三日ともちゃしませんよ」

隣室で寝ているお鶴が、若い娘らしい悩ましい声で「うふん」と寝言を言った。

猫千代がにんまりする。

「寝るぞ、猫千代」

「はい」

だが闇のなかで、月之介は目が冴えてなかなか寝つけなかった。

日本左衛門もどきの悪党一味のことが、頭から離れなかったのだ。

九

問屋場の表通りに面した所に仕事を持ち込み、そこで熊子屋時蔵は御用留《ごようどめ》なる帳面に見入っていた。

問屋場には公用継立ての義務が課せられており、一定の人馬を常備していなくてはならず、その数は東海道ではひとつの宿場で百人百頭と定められている。参勤交替で東海道を往来する大名家は、百四十六家もあるのだからその世話と実務は煩雑《はんざつ》である。

だが帳面に目を落としているものの、今日の時蔵は気もそぞろだ。そうして人が行き来するごとに格子窓越しに目を走らせていたが、やがて目当ての人物が姿を現した。

斜向《はすむ》かいの柏屋から、お園がこっちへやってきたのだ。風呂敷包みを抱えているから、お稽古事へでも行くようだ。

時蔵は年寄に仕事を頼み、下駄を突っかけて外へ出ると、通り過ぎて行くお園を追いかけた。

「おい、お園」

幼児の頃から知っているので、ぞんざいな呼びかけだ。

きょとんとして見返るお園の袖を引き、人目を避けて路地へ連れて行った。

「何よ、熊子屋のおじさん、血相変えて」

「気になることがあってね、おまえを待っていたんだ」

「どんなこと」

「おまえ、玉の輿に乗りそうだって聞いたけど、本当なのかえ」

「誰からそんなことを……あっ、わかった、おっ母さんね」

「相手はどんな人なんだい」

「うーん、困っちゃったなあ」

「おじさんは心配してるんだよ。玉の輿って言うけど、どれほどの身分の人なんだい」

お園はもじもじとして言い淀んでいたが、時蔵の真摯《しんし》な目に射竦《いすく》められ、仕方なく、

「うちに泊まっている人で、伊勢屋正吉さんていうの。羽左衛門張りのいい男で、知り合ってそんなに時が経ってないのに、あたしにそれはよくしてくれるのよ。さっきもね、紅屋さんでかんざしを買ってくれるって約束してくれたわ。おっ母さんには黙っててね」

紅屋というのは宿場にある小間物屋だ。

「おまえにぞっこんというわけか」

お園はぱっと頬を染め、

「わからない……でもとてもやさしくていい人なの。正吉さんのお父っつぁんの吟右衛門さんも一緒にいてね、あたしに目を細めてくれるのよ。吟右衛門さんもやさしい人だわ」

「伊勢屋というからには、伊勢商人なんだろうな」

「上州に絹を買い付けに行った戻りなんだって。吟右衛門さんが持病の癪を起こ

して、それで治るまでうちで逗留することになったのよ。あたしと正吉さんが親しくなってからは女中たちをみんな退らせて、あたしがご飯の給仕をやってるの。おっ母さんもそうしなさいって言ってくれたわ。他国の人といろんな話ができて楽しいの。それにお供の番頭の四郎二郎さん、手代の伝松《でんまつ》さんも愉快な人たちなのよ」

「なんだか結構づくめの話みたいだね」

「だからおっ母さん、玉の輿だと勘違いしたのね。無理もないわ」

時蔵が面食らって、

「いや、だって、そうじゃないのかい」

「駄目ね、おじさんも。おっ母さんと変わらないじゃない。そんな通りすがりの旅の人なんて信用できないわよ。伊勢まで行って、この目で伊勢屋さんの店構えでも見たのなら別だけど、人は口だけならなんとでも言えるでしょ」

「それじゃおまえは信用してないのか」

「うん、はっきり言ってね。でも正吉さんは男前だし、やさしくされて嬉しくないはずはないわ。だから吟右衛門さんの病いが治るまでと思って、あたしは心浮きうきを楽しんでいるの」

時蔵が舌を巻いて、

「旅立ったら、後を追うつもりはないのか」

「お婿さんなら近在の素性の知れた人がいいわよ」

世間知らずのおぼこと思っていただけに、時蔵はお園がしっかりした気性の持ち主だったことに驚いて、

「ふうん、いつの間に……すっかり大人になったんだね、おまえは」

「あたしとおっ母さんを捨てて逃げたお父っつぁんのこと、おじさん憶えてるでしょ。あたしは許せないと思ってるの。男はとことん信用できないわね」

時蔵が「はあっ」と溜息を吐いた。

「どうしたの、おじさん」

「勝負ありさ、おまえには負けたよ」

「おじさんの考えてることも知ってるのよ」

「えっ」

「このところおっ母さんを追い廻しているでしょ」

時蔵が狼狽して、

「な、何を言いだすんだ、おまえは。そんなはしたないことを言うもんじゃな

い。いつあたしがお徳を」

「うふふ、みんなお見通しなのよ。でもね、希みなきにしもあらずよ、おじさん」

「なんだって」

「おっ母さんもね、おじさんのこと嫌じゃないみたい。そりゃ口じゃ迷惑がってみせてるけど、内心はまんざらでもないようよ」

「そ、そうなのかい」

時蔵の声がうわずっている。

「おっ母さんとおじさんはお似合いよ、あたしも反対しないわ」

「お園……」

「だから玉の輿の話はなしね。お稽古に行ってくるわ」

「ちょっと待ちなさい、おっ母さんの話をもっと聞かせとくれよ」

時蔵がそう言った時には、お園はもう立ち去っていた。

胸に手を当て、時蔵は何やら落ち着かなくなって、

(どうしよう……どうしよう……そうだったのか……ああ、こうしちゃいらんない)

あたふたと問屋場の方へ戻りかけると、背後から呼び止められた。

「もし」

時蔵がふり返ると、菅笠を被った旅の若い女が立っていた。

「なんぞ」

「人を探しているのですが、何せ旅籠の数が多くて難儀をしております。この宿場の御方でしょうか」

そう問われ、時蔵は胸を張るようにして、

「あたしは問屋役を任されている熊子屋という者だよ」

「まあ、よかった」

「なんという旅籠を探してるんだね」

「柏屋です」

「ああ、それなら」

問屋場の斜向かいだと言い、表通りまで女と一緒に行って柏屋を教えてやった。

女は時蔵に礼を言って頭を下げ、柏屋へ向かって行く。

その後ろ姿を何気なしに見送り、時蔵はふっと眉を寄せた。

女が携《たずさ》えているものを旅の杖だとばかり思っていたが、それは小太刀だったのだ。

笠を目深にして終始顔を見せなかったが、その女こそ、寄場で蓑助を、そして深川で海江田頼母を斬殺した刺客の小夜であった。

十

その頃、月之介たちは戸塚宿に到着していた。

片平の里からは二里少々の道のりである。

宿場の入口に立ち、猫千代とお鶴に伊丹欽之丞の探索を頼んだ。

伊丹欽之丞、早川甲之進の顔絵は、江戸を出る前に絵師に頼んで描かせてあった。

佐治平の方は、千賀の描いてくれたものを使うことにした。それをそれぞれ、猫千代とお鶴は持たされているのだ。

そうして三人は分散した。

寒さもやわらぎ、昼下りの宿場は眠くなるような陽気で、往来の人馬の数も少ない。

小間物屋の紅屋の前を通り過ぎた時、月之介が鋭い反応をし、そしてまた戻ってきた。

店のなかで、正吉がお園にかんざしを見立ててやっていた。

その正吉こそ、伊丹欽之丞だったのだ。

お園は店の者と親しそうにしているから、宿場の娘であることはすぐにわかった。

じっと見ている月之介に気づき、伊丹が驚きの表情になった。驚きだけでなく、そこには狼狽も浮かんでいた。

伊丹がお園に何事か囁《ささや》き、立って店の外へ出てきた。

掛川藩においては、伊丹より月之介の方が身分は上であった。

「木暮殿、よもやこのような所でお会いするとは……」

「話がある。きてくれ」

「はっ」

月之介は伊丹を路地裏へ誘い、そこで向き合うと、まずは江戸での蓑助、海江田殺しを告げた。

伊丹の顔がみるみる青褪めた。

「お主たち徒目付が伊豆で行った原川村での焼き討ち、それが元凶のようなのだ」

「ではわれらに滅ぼされた鳥居新六郎の、身内の誰かが刺客となって」

「見ていた者の話では、刺客は女だと言っていた。心当たりはあるか」

考えていた伊丹がはっとなり、

「鳥居には確か小夜と申す妹がおりました。神道無念流《しんどうむねんりゅう》の剣術を心得た女武芸者です。焼き討ちの際には姿はありませんでしたが」

「その小夜が、お主たち五人に復讐を果たそうとしているようだ」

伊丹は暫し押し黙っていたが、

「そのこと、何ゆえ木暮殿が」

改めて月之介を見て、

「木暮殿もわれらとおなじように脱藩したのですか」

「そうだ。事情は違うが、お主たちが脱藩した翌年に藩をとび出した。それで江戸に住んでいたのだが、図らずもこの件に関わりを持ち、こうして旅に出たのだ。かつておなじ禄を食んだ者たちが殺戮されるのは、見過ごしにはできまい」

「そ、それは忝のうございます」

「ところで、今は何をしている。その風体は商人のようだが」

「いえ、これはほんの身過ぎ世過ぎでして、脱藩した後に藤沢、戸塚辺りを転々とし、当てもない暮らしをつづけておりました。木暮殿も脱藩なされたのなら、浪々暮らしの辛さはおわかりのはずです」

「しかしその身装《みなり》から察するに、さほど暮らしに困っているようには見えんな。何を生業としているのだ」

「いえ、その、どうか詮索はご容赦下され」

「ふむ」

月之介はどこか得心がゆかないが、

「して、どうする。小夜と対決するか、それともどこかへ姿を消すか」

「みどもは元々、剣の腕の方は……行方をくらますことに致します」

「それがよいな」

そう言った後、月之介は伊丹に対して別れ難い気持ちになって、

「どうだ、そこいらで飯でも食わぬか。おたがい、積もる話もあろう」

「いや、それが」

伊丹は心苦しい顔になり、

「そうしたいのは山々ですが……ちと野暮用を抱えておりまして」

「さっきの娘と約束でもあるのか」

「ま、まあ、そんなところです。折角お会いしたのに残念ですが、これにて」

引き止める間もなく、伊丹は逃げるように身をひるがえした。

その落ち着きのない伊丹の態度がどうにも気になり、月之介が後を追って大通りへ戻ると、すでに伊丹とお園の姿は紅屋から消えていた。

十一

それから半刻(一時間)ほど後のことである。

「どうも女将さん、思わぬ長逗留をしてしまいまして」

すっかり元気になった伊勢屋吟右衛門が、旅装を整え、柏屋の店土間に草鞋《わらじ》を履いて立つと、框に座ったお徳に頭を下げた。

その後ろに番頭の治兵衛も座っている。

吟右衛門の周りには、やはり旅拵《たびごしら》えをした正吉こと伊丹、番頭四郎二郎、手代伝松の姿もある。

金箱を入れた小行李《こごうり》は、伝松が肩に担いでいる。

お徳が少し慌てたように周囲を見廻し、

「ちょっとお待ち下さいまし」

そう言っておき、治兵衛へ見返って、

「お園はどうしたのさ。いろいろお世話になったんだから、お見送りさせないと」

「へえ、もうお稽古事は終わってるはずなんですが」

「困ったねえ」

玉の輿の幻想が捨て切れず、お徳はやきもきとしている。

「女将さん、お園さんにはよろしく伝えて下さいまし。それではあたしどもはこれで」

吟右衛門が言い、伊丹たちも「お世話になりました」と口々に言って頭を下げた。

「そ、そうですか」

一行が出て行き、お徳も表まで出て見送った。そうしながら、店へふり返り、

「治兵衛、まだ間に合うよ。お園を探しといで」

「へい」

治兵衛が家のなかへ身をひるがえした。

「まったく、肝心な時にあの子は……」

ひとりごつ、お徳が所在なく店へ戻ると、そこへ奥から女中があたふたと駆けてきた。

「お、女将さん、離れを片づけようと思いましたら、こんなものが机の上に」

書きつけをお徳に差し出した。

それを読んだとたん、お徳が「ひいっ」と悲鳴を漏らした。へたり込んでしまい、書きつけを持つ手が震えている。

そこへぬっと月之介が入ってきた。

月之介は紅屋でお園の素性を聞き、伊丹の生業を調べようと思ってきたのだが、蒼白のお徳の顔色を見てさっと表情を引き締め、

「どうした、何かあったのか」

「いえ、あの、娘が……」

それだけ言うのがやっとで、お徳はわなわなと唇を震わせた。

その手に握られた書きつけを奪い、月之介が文面に目を走らせる。

「娘はあずかった　五百両を影取村《かげとりむら》六地蔵へもってこい」

とあった。

「誰の仕業なのだ、これは」

月之介の問いに、お徳は藁《わら》にも縋《すが》る思いで、

「今の今まで、離れに泊まっていた伊勢屋さんの一行でございます」

「娘は連れ去られたのか」

「いえ、それが……」

治兵衛が表からとび込んできて、

「女将さん、大変でございますよ。半刻ほど前に、正吉さんがお嬢さんをひっ担いで、どっかへ連れてくのを見た人がおりました。その時、お嬢さんはぐったりして眠ったようだったと」

「ええっ」

お徳が愕然となる。

「その正吉というのは」

月之介に問われ、治兵衛は戸惑いながら、

「伊勢屋さんの伜です」

「もしやこの男ではないか」

月之介が伊丹欽之丞の顔絵を見せると、それを覗き込んだお徳と治兵衛が驚い

た顔になり、見交わし合って、

「正吉さんはお尋ね者だったのですか」

治兵衛が言った。

月之介はそれには答えず、

「おれはこの男の昔を知っている者だ」

忸怩《じくじ》たる思いで言った。

伊丹がかどわかしの片棒を担いでいたことがわかり、これでさっきまでの疑念が氷解した。

「お武家様、どうしたらよいのでしょう」

おろおろと取り縋るお徳に、月之介は決然とした目を向け、

「まずおれが影取村へ行く。おまえは念のために金を用意し、後から参れ」

「お役人には」

「知らせぬ方がよかろう。娘の身に何かあったら事だからな」

「あ、あのう、お武家様はいったい……」

「おれか。鎧月之介と覚えておけ」

月之介がとび出して行った。

その月之介にぶつかりそうになりながら、熊子屋時蔵が入ってきた。

「お徳、なんだい、今のご浪人は」

お徳と治兵衛の様子に不審を感じて、

「どうしたんだい、二人とも」

茫然としていたお徳が、われに返ったようになり、

「治兵衛、五百両を用意しておくれ」

「へ、へい」

「時ちゃん、いいところへきておくれだね。あたしと一緒に影取村までつき合っとくれ」

「ええっ……」

「冗談じゃない、何が玉の輿さ。あの金箱の金だって、あたしたちを信用させるための見せ金だったんじゃないか。畜生、あいつら、親切ごかしにお園を手なずけといて、とんでもない悪党どもだよ」

吐き捨てるようにお徳が言った。

十二

影取村は戸塚宿と藤沢宿の間にあり、戸塚からは一里弱の道程だ。

なだらかな丘陵地帯を登って行くと、椎《しい》や樫《かし》などの樹木が鬱蒼と生い茂っていて、野鳥の囀《さえず》りも盛んに聞こえてきた。

強い風が下から吹き上げ、道なき道を行く月之介の背を煽《あお》った。

やがて六地蔵が見えてきた。

だが人影はなく、雑木が揺らいでいるだけだ。

見廻すと、一方に大きな水車小屋があった。

そこへ見当をつけ、月之介が遠廻りをしながら小屋へ近づいて行く。

水車小屋のなかは雑然としていて、農工具なども置かれ、うす暗かった。

そこにお園が後ろ手に縛られて転がされ、その周りを吟右衛門、伊丹、四郎二郎、伝松が取り囲んでいた。

おのおのが腰に道中差《どうちゆうざし》を帯びている。

「正吉さん、こんなことをして、おまえさんは正気なんですか」

お園が怒りの矛先《ほこさき》を伊丹に向けた。

伊丹は吟右衛門とちらっと見交わし、辛いような目を伏せて、

「悪く思わんでくれ、お園。おまえに危害を加えるつもりはないのだ。身代金さえぶん取ったら自由にしてやるよ」

「おまえさん方は、いつもこんな悪いことをしてるんですか」

お園が四人を見廻しながら言った。

吟右衛門が鼻先で嗤《わら》い、

「ああ、そうだよ。しょっちゅうこういうことを考えては、それをやってるんだ。悪事というものは楽しくてねえ、一度やったらやめられない。ただの押し込みの時もあれば、今度みたいにみんなで堅気に化けて騙くらかすこともある。柏屋は戸塚宿じゃ一二を争う大旅籠だから、そこに目をつけたんだよ。それを教えてくれたのは、何年か前に近くに住んでたこの旦那さ。言っとくけど、この人とあたしとは親子でもなんでもないよ。あんたのおっ母さんはあたしらの陰謀にまんまとひっかかった。腹のなかで笑いが止まらなかったな」

四郎二郎が本当に腹を抱えて笑いながら、

「それどころか、あの女将は玉の輿を夢見てよ、伊丹の旦那を婿に考えてたみて

えだ。おめでたいと言おうか、なんと言おうか、あれにゃへそが茶を沸かしたぜ」

伝松がお園を指さして、

「おめえもその気になってたんじゃねえのかい。浮きうきしてたもんな」

お園が毅然《きぜん》として、

「それは違うわ。あたしは最初からこの人をうさん臭いと思ってました。正吉さんか伊丹さんか知らないけど、あまりお芝居が上手とも思えない。本当におぼこ娘を騙すつもりなら、手のひとつも握らなくちゃ駄目よ。それにあんたはどこか後ろ暗い顔をしてたわ。あれじゃおいおいばれるわよ」

伊丹はうつむき、言葉もない。

吟右衛門が冷笑を浮かべ、

「ほう、このお嬢ちゃん、なかなか達者なことを言うじゃないか。まっ、どの道生きてはここを出られないから構わんがね」

「なんですって……」

お園の顔から血の気が引いた。

「正吉さん、本当なの」

伊丹はお園から目を逸らし、吟右衛門へ向かって、

「おい、かしら、それはないだろう。何も殺さなくとも」

「甘いよ、おまえさん。だからこんな小娘にも見破られるんだ。色男の看板役者はいいけど、もっと図太くなっておくれ」

「そうですよ、伊丹の旦那。おめえさんはやっとうがからきしできねえんだから、色で行くしかあるめえ。今まではうまくやってたじゃねえか」

四郎二郎が伊丹の顔を覗き込むようにして言った。

「いや、このお園は……なぜか不憫《ふびん》に思えたのだ」

「おいおい、しっかりしてくれよ、伊丹の旦那。騙す相手に惚れちまったら、おしゃかだよ」

吟右衛門が言い、四郎二郎と伝松がけらけらと笑った。

「正吉さん……」

伊丹とお園が、一瞬熱い視線をからませ合った。

ごとっ。

外で物音がした。

吟右衛門が鋭くうながし、伝松が窓に張りついて表を窺った。

人影は見えない。

「柏屋の女将がきたんじゃないのか」

吟右衛門が言うと、伝松はかぶりをふって、

「いや、人っ子一人……」

その時、背後の戸が軋《きし》んだ音を立てて開いた。

全員が一斉に見やる。

月之介が戸口に立っていた。

それを見て、伊丹の表情が苦渋に歪む。

「木暮殿……」

「なんだ、おまえさんの知り合いなのか」

吟右衛門の言葉に、伊丹は煮え切らず、

「いや、その、この人は以前の……」

「伊丹、悪い仲間から離れろ。なぜこんなことになった」

「ご、ご貴殿にはわかるまい。浪々暮らしの果てにわたしはのたれ死に寸前だった。それをこのかしらに救われたのだ」

「愚かな。それで魂を売ったのか」

月之介が糾弾した。

「黙れ、黙れ」

伊丹が錯乱し、苦しい顔になる。さまようその視線が、お園の目とまたぶつかった。

「正吉さん、もうやめて。そのお武家様の言う通りだわ。あたしが助けて上げる」

「お園……」

吟右衛門がぎらりと道中差を抜き放ち、

「とんだ飛び入りだ、叩っ斬っちまえ」

「へい」

四郎二郎が答え、伝松と共に刃を抜いた。

伊丹は後ずさり、うろつき廻っている。

月之介はだらりと両手を下ろし、吟右衛門ら三人を冷やかな目で見据えている。

「野郎っ」

勢いよく斬りつけた伝松が、次には大仰な叫び声を上げて転げ廻った。

月之介が抜く手も見せずに抜刀し、刀の峰を返して伝松の肩先を打撃したのだ。

それを見ておたつきながら、四郎二郎がやみくもに突進した。

「くたばれ」

その横胴に月之介のそぼろ助広が叩き込まれ、四郎二郎も倒れて痛みに動けなくなった。

吟右衛門は慄然《りつぜん》とした面持ちで、道中差を正眼に構えたまま、

「おい、どこの馬の骨か知らないが、あたしを甘く見るんじゃないよ。ここにいるのは誰だと思ってるんだ」

「知らんな」

月之介が失笑する。

「あたしの素性を知ったら驚くよ。怖れ多くて手が出せなくなるだろう」

「ふん、言ってみろ」

「あたしの祖父はね、その昔に掛川藩をきりきり舞いさせた日本左衛門なのさ。だからあたしの本名は浜島庄助《しょうすけ》というんだよ。驚いたかえ」

「なに……」

月之介の形相が変わった。

「それを聞いたら、尚更捨てておけぬな。日本左衛門のために、掛川藩の何人が腹を切ったと思うのだ。断じて許せんぞ」

形勢が不利になり、吟右衛門が慌てる。

「嘘だ、今のは嘘だよ。そういう名乗りをしてみたかっただけだ。忘れてくれ」

吟右衛門の狼狽の下に隠された真実を読み取り、月之介は刀をふり被ると、

「悪い血は根絶するのだ」

脳天から吟右衛門をぶった斬った。

「ぐわっ」

洪水のような血を噴出させ、吟右衛門が苦悶の果てにどーっと倒れて絶命した。

それと同時に、伊丹が戸を蹴破って外へ逃げだした。

すかさず追いかかる月之介に、お園が必死の声で、

「お武家様」

月之介がふり返る。

「あの人を斬るんですか」

「いや、そのつもりはないぞ」

月之介がお園の所へ戻り、抜き身で縛《いまし》めを断ち切った。

お園が自由になる。

「よかった、斬らないで下さい。あたし、あの人に立ち直って欲しいんです。なんとかして上げたいんです」

「わかった、ここで待っていろ」

月之介が刀を納めて猛然ととび出した。

十三

だが伊丹は無惨に斬り裂かれ、灌木《かんぼく》の茂みのなかに倒れ伏していた。すでに息は止まっている。

月之介は駆け寄ろうとし、そこでひたっと歩を止めて鋭い目を走らせた。

近くで刺客の息遣いがした。

「……」

月之介が見当をつけ、じりっとそこへ近づいた。

雑木の陰から蔦《つた》を払いのけ、血刀を下げたままの小夜が現れた。

「鳥居小夜だな」

月之介に名を呼ばれ、小夜は一瞬ぎくっとなるが、不敵な目を光らせ、

「お主、何者」

「鎧月之介、掛川藩に関わりのある者だ。おまえは原川村の焼き討ちで、怨みを持ったのだな」

「門外漢に何も言うつもりはない」

「この上の殺戮はよせ」

「わが心に決めたことだ」

小夜が小太刀を正眼に構えた。

すらりとそぼろ助広を抜き放ち、月之介も正眼に構えた。

双方が間合いを測りながら対峙する。

月之介の剣が静かに移動を始め、下段の構えになった。

その不気味な気魄《きはく》が、小夜を圧倒する。

「……」

小夜の面上にじりじりと焦りが浮かんだ。

打ち込めば下から斬り上げられる。引けば容赦なく斬り込まれよう。行くも戻

るも、ならずだ。その場に釘付けにされた。どう切り抜ける。

思いの外の手強い相手に、小夜は胸苦しいような思いに駆られた。

ここで死するのか。兄の怨みを晴らさぬままに、こんな野面で果てるのか。逃げることはできようが、それは小夜の誇りが許さなかった。この男を打倒せねば前には進めないのだ。

（鎧月之介とは、何者なのだ……）

しかも月之介の表情には、余裕さえあるではないか。歯噛《はが》みしたいような思いが突き上げてきた。

「身を捨てぬからだ」

月之介が冷厳とした声で言った。

虚を衝かれ、小夜が凄まじい目で月之介を見た。

（心を読まれている）

尚も焦った。

一陣の風が木々を嬲《なぶ》った。

小夜が右八双に小太刀を移動させた。

月之介は依然、下段の構えのままだ。

油断なく一歩を踏み出し、小夜が攻撃に打って出ようとした。そのまま突き進み、袈裟斬りを狙った。

その時、横合いの茂みからお園がとび出してきた。

「ああっ、正吉さん」

その場の光景を見て、お園が悲痛な叫び声を上げた。そして伊丹の骸《むくろ》に駆け寄ろうとした。

とっさに小夜がお園を捉え、片腕で背後から抱き竦め、白刃をその首に押し当てるや、月之介を烈しい目で睨み据えた。

月之介が息を呑み、動けなくなる。

「刀を捨てるんだ」

「……」

「何をしている。この娘がどうなってもいいのかい」

小夜は今にもお園を突き殺しそうな勢いだ。

お園は恐怖に声も出ない。

「くっ……」

月之介が切歯し、無念の声を漏らした。

そぼろ助広をゆっくり地に置く。

小夜はお園を捉えたままで後ずさり、必死の目で逃げ道を探している。

「こんなことはしたくないけど、わたしの旅はまだ終わらない。邪魔立てはこの先も無用に願いたいね」

「……」

月之介がそっと近づく。

「動くんじゃないよ」

牽制しておき、いきなりお園を突きとばすや、小夜はすばやく身をひるがえした。

月之介が刀を拾い、猛然と追って行く。

「正吉さん……」

お園が伊丹の前に茫然と座り込み、あらん限りの声で号泣した。

そこへ騒然とした足音が聞こえ、お徳と時蔵が駆けつけてきた。時蔵が身代金を入れた布袋を抱えている。

「お園、無事だったんだね」

お園は何も言わず、泣き伏している。

時蔵がお徳の肩をそっと叩き、

「そっとしといてやった方がいいよ」

小声で言った。

お徳はその声を無視し、

「お園、その人は悪い奴なんだよ。泪なんか流してやることはないんだ」

するとお園が泣き濡れた顔を上げ、

「そんなことないわ、そんなことないのよ、おっ母さん。この人は魂は売ってなかった。最後まであたしを助けようと思ってたのよ」

「……」

娘の言い草に、お徳が絶句する。

時蔵が両者を取り持つように、

「と、ともかく事なきを得たんだ。よかったじゃないか、お徳」

お徳はそれには何も言わず、お園のそばに座ると、

「おまえ、この人が好きだったのかい」

「そうよ、好きだったわ」

そう言った後、かぶりをふって、

「ううん、そうじゃない。さっきのさっきまではそれほどでもなかった。でもあたしを本当に好いていてくれたことがわかって、それであたし……おっ母さん、とても悲しいわ。ゆきずりの人かも知れないけど、ねんごろにとむらって上げて。あたしからお願いする」

「うん、いいよ。おまえがそう言うんなら、そうして上げよう」

「おっ母さん……」

お園はそこでお徳の胸に顔を埋め、さめざめと泣くのであった。

その母娘の姿を、月之介は木陰から見ていた。

小夜を取り逃がし、こうして戻ってきたのだが、もう姿を現す必要はないと思った。

(伊丹欽之丞は浮かばれたな)

束の間のやすらぎを覚えた。

身をひるがえし、音もなく立ち去った。

丘陵地帯を下り始めると、再び突風が吹きつけてきて、月之介は目を開けていられなくなった。

小夜を追う旅は、まだ終わらなかった。

第三章　箱根の霧

一

女衒《ぜげん》の連れてきた三人の女を見廻して、麦屋勘助《むぎやかんすけ》は紙のように薄い唇をむんずとひん曲げた。

だがそれは不機嫌なのではなく、へそ曲がりのこの男がよくやる上機嫌な時の仕草なのだ。

「ほう、ほう」

そう言いながら、女たちの顔や肢体を露骨な目で順ぐりに見て行き、右端から尋ね始めた。

「名めえは」

その女は小肥りで首も太いが、顔に愛嬌があった。それさえあれば、女はどこでも務まるものだ。

「蔦《つた》と申しますだ」

「歳は」

「二十七です」

「どっからきた」

「在所は桑原村です」

「豆州《ずしゅう》か」

「へえ」

「亭主は」

「百姓をしております。子供は四人ですだ」

「そりゃてえへんだ」

「よろしくお願えしますだに」

「おう」

真ん中に目を転じた。

痩せて顔色の悪い女だ。

しかし器量は人並だから、磨けば光ると思った。

「おめえは」

「まさです。歳は二十五で、三月前に亭主に死に別れました。子供はいませんけど、家には親兄弟が大勢おるです」

「在所は」

「君沢郡の青木村です」

「おめえも豆州か」

「へい」

左端の女を見て、なぜか勘助はぷっと吹いてしまった。その女は狸《たぬき》そっくりの顔をしているのだ。だがそこいらによくいる女中顔とも違い、女はどこか虚脱したような不思議な雰囲気を持っていて、そこに妙な色気があった。

そして女は口を半開きにし、目許に笑みを含ませて、

「旦さん、あたしの顔がおかしいですか」

「いや、そうじゃねえ、そうじゃねえんだがよ、なんつったらいいのか、おめえとは初めて会ったような気がしねえな」

「どうせそうでしょうよ」

「あん？」

「狸に似ているからでしょ。よくそう言われます」

「名めえと在所は」

「定まった所はありません。しがない流れ者なんです」

女が哀愁を滲ませた。

「どっからきた」

「忘れました」

「ふうん」

「名前は悦《えつ》です」

「歳は」

「三十になりました」

「食ってるなあ、おい」

「いいでしょ、どうせ飯盛女なんだから」

「ほかの土地でもやってたのか」

「忘れました」

「ははは、都合の悪いことはみんな忘れるってか」

「そうしないとこんな浮世、生きてかれないじゃありませんか」

「そんなもんかな」

貧相な河童《かっぱ》のような女衒にふり返り、

「よし、三人とも引き取るぜ」

「お有難うごぜえやす」

女衒が三拝九拝する。

勘助は三人分の身代金を払い、女衒はそれを押し頂くと引き換えに証文を託し、帰って行った。

それから勘助は長火鉢の前に陣取り、番頭の仙三を呼んで相談し、お蔦とおまさを二つの旅籠にふり分けた。

女たちは旅籠に抱えられ、女中仕事をしながら旅人の求めに応じ、春をひさぐ飯盛女なのだ。

仙三がお悦を見て、この女はどこにしますかと言うので、勘助はこいつは家に置くのだと言った。

仙三とお悦が驚いて勘助を見る。

「気に入ったんだよ、こいつが」

勘助が手放しでお悦に向かい、相好を崩した。

その左頰には長さ三寸ほどの深い刀疵が刻まれてあるから、笑うと凄味がでた。

平家蟹《へいけがに》のような面相をしたこの男が、ゆきずりの女を自家薬籠中《じかやくろうちゅう》のものにするなど、ついぞなかったことなのだ。

二

お悦の味見をした後、勘助はまた唇をひん曲げた。

裸に剝くとお悦は雪白の肌の持ち主で、たちまち勘助を狂奔《きょうほん》させた。若い頃に戻ったようになり、猛り狂ってお悦を責め立てた。

だがお悦は強靱《きょうじん》で、媾《まぐわ》いの時こそあられもない狂態を晒《さら》したが、事が済めばけろっとして布団の上に腹這いになり、煙草を吸っている。

真っ昼間なので、表は何かと騒がしい。

麦屋勘助は小田原城下で請負師《うけおいし》をやっており、店の方から人足の出入りする騒然とした様子が伝わってくる。

請負師というのは、今でいう土建屋のことで、麦屋は土木、建築、解体と、なんでも請負っている。加えて飯盛女の差配もしているのだ。

二人がいるのは、勘助の寝所である。

「旦さん、ご城下では大層幅を利かせてるんですね。それでなきゃこんな大きな家には住めませんもの」

「顔役だよ」

「まあ、凄い」

「おめえ、本当にどっからきたんだ」

「言えません」

「なんで」

「どうしてそんなこと聞きたがるんですか、あたしの素性が気になりますか」

「言う気はねえんだな」

「天から舞い降りてきたんですよ」

「年増の狸が、ふわりとか」

「あはっ、やっぱりそう思ってるんだ」

お悦が屈託なく笑う。

「違うな。狸は昔から色黒って相場が決まってらあ。おめえは真っ白だ。躰は白《しろ》狐《ぎつね》だ」

勘助がお悦に淫猥な目を細める。

「どうするんですか、あたし」

「ここにいろよ」

「働きにきたんですよ」

「手当てなら幾らでもくれてやる。おれぁおめえを買ったんだ」

「いつまで」

「ずうっとだ」

「ええっ」

「ここでおれの世話をしろ」

「おかみさんは」

「いねえよ、元々」

「お子さんもなしですか」

「がきは嫌えなんだ」

「それならやりいいですね」

「好きにしろよ」

「旦さん、歳は」

「おめえより三つ上だ」

お悦は灰吹きで煙管《きせる》をぽんと叩くと、

「丁度いい年廻りだわ」

「夫婦《めおと》約束はしねえぜ」

「わかってますよ。こんな流れ者の女、どこの馬の骨かわかりゃしませんもの」

「そうは思ってねえよ、おれだって元は流れ者なんだ。そんなことは気にするな」

「じゃあ、本当にここにいていいんですね」

「ああ」

「あたし、急にぷいっといなくなるかも知れません。いいですか、それでも」

「いなくなってもすぐ連れ戻す。おれぁこうと決めたらまっしぐらなんだ。しつけえから音を上げるんじゃねえぞ」

「あい」

お悦の手が勘助の股間に伸びた。いじくっているうちに、すぐに役に立ってきた。

「本当だわ、まっしぐらんなってる」

「て、てめえって野郎は……」

勘助がお悦にとびかかるようにして重なった。

お悦はその頭を撫でてやり、

「大丈夫、あたしとこうしていれば大丈夫、心配することは何もないのよ」

母親にあやされるように言われ、勘助はたまらない気持ちになって、お悦のたわわな胸に顔を埋めた。

そうすると、えもいわれぬ幸せな気分になってきた。

三

古老の名は伝兵衛《でんべえ》といった。

そこは小田原宿へ入る手前の小八幡《こはちまん》村という所で、伝兵衛は石工《いしく》をしており、石屋の敷地で石仏を彫っていた。

ほかにも石燈籠《いしどうろう》や石塔などが並んでいる。

粗筵《あらむしろ》の上に座った鎧月之介が、佐治平の顔絵を見せていた。

「どうだ、この顔。ここいらで見たことはないか」

伝兵衛が鑿《のみ》を持つ手を止め、顔絵を手にして見入った。

海江田頼母の妻千賀の記憶に頼って描かせたものだが、佐治平という男はどうにも特徴のない顔であった。

「こんな奴はどこにでもいるじゃねえか」

「在方は遠州掛川なのだ」

伝兵衛はふうっと太い溜息を吐いて、

「ご城下にゃ遠州、駿州、甲州と、いろんな所からいろんな奴が入り込んでるんだぜ。この男が小田原か、あるいは箱根のお山辺りにいるとして、いってえどうやって探すつもりだね、ご浪人さん」

月之介がうなずき、

「確かにその通りだが、しかし探し出さねばならん。それも事を急いでいるのだ」

「困ったなあ」

「何か手立てはないか」

考え込んでいた伝兵衛が膝を叩いた。

「おっ、そうだ」

月之介が身を乗り出す。

「こういうことはよ、藩の町奉行所の役人が詳しいんじゃねえのか。ご城下にへえってくるよそ者に絶えず目を光らせてるはずだからな。旅人ならともかく、住みつくとなるとお上に届けなくちゃなるめえ」

「知り合いはいるか」

「おうともさ」

伝兵衛がにんまりとうなずき、そして自慢げな顔になって、

「おれの伜《せがれ》だよ」

「伜が町方にいるのか」

「お奉行様がいて、その下にお目付様、それに手附《てつき》の下に手代ってのがいる。手代はさむれえじゃなくとも、土地の事情に詳しい奴が取り立てられるんだ。伜はその手代をやっているのさ。けど恰好はさむれえだから、偉そうにしてらあ。名めえだって、石村米五郎ってえれっきとしたものを持ってるぜ」

月之介が破顔した。

「今日のおれは運がよいな。光明を見た思いだぞ」

四

小田原城下の木賃宿に三つ部屋を取り、月之介、猫千代、お鶴はそれぞれ他人を装って泊まっていた。

今は月之介は不在で、猫千代とお鶴はひとつの部屋で身支度を整えていた。

これから佐治平探しに、城下の探索に出るのである。

「この佐治平って人、歳は幾つぐらいなのかしら」

佐治平の顔絵の写しを見ながら、お鶴が言った。

「たぶん三十は出てると思うんだけどね、特にどうってことのない顔だよね」

「たとえこの宿屋で働いていたとしても、気づかないかも知れないってことかしら」

「ここは老夫婦だけでやってるからさ、そんなことはないけど、隣りの古着屋にいたってちっともおかしくないよ」

「隣りは若夫婦とどっちかのふた親の四人でやってるでしょ、さっきちらっと見たわ。それもないわね」

すでに隣り近所のことはよく調べていた。

「ともかく驚いたよ、小田原宿がこんなに賑わってるとは思ってもいなかった」

身支度を終え、猫千代が茶を飲み干しながら言った。

「それでも探さなくちゃいけないのよ、佐治平を」

「ああ、わかってる。戸塚宿じゃとうとう伊丹欽之丞を殺されちまったもんね。鎧の旦那ががっくりきてたよ」

お鶴は十手を手拭いに包み、それを隠すように帯の間に挟みながら、

「小夜って女刺客、蓑助の帳面にあった人をみんな殺すつもりでいるのね。それもう三人も手に掛けているわ」

「残るは二人だ。旦那が躍起になる気持ちもよくわかるよ」

「猫千代さんはどうやって探すつもり」

「そこにぬかりはないんだよ。さっき江戸からきた太鼓持ちだと言って、城下の置屋に話を通しといたんだ。だから夜のお座敷に呼ばれるかも知れない」

「だといいわね。佐治平がこの土地で多少なりとも成功していたら、そういう所にも出入りするでしょうから」

「佐治平が見つかったら、旦那はどうするつもりなのかな」

「逃げるように勧めるらしいわ、殺されちまうぞって。それと原川村の焼き討ち

の一件も今ひとつ本当のことがわからないから、佐治平から聞きだそうとするでしょうね」

「そうだな。女刺客の小夜がどうしてそこまで残党を追い詰めるのか、とても尋常じゃないもの」

「それじゃ、行きましょうか」

「うん。なんだかあたしたち、すっかり仲良しだよね」

「何よ、それ」

「今晩、一緒にお風呂入ろうか」

「いいわよ、怪我をしても構わないんなら」

「なはっ、これだよ」

五

城下を練り歩いてきて、麦屋勘助は不意に表情をひきつらせた。

数丁先の人混みを、菅笠を被った旅の若い女がすっと横切ったのだが、笠の下から一瞬垣間見えたその横顔に、勘助は見覚えがあったのだ。女は小太刀を携えていた。

長脇差を腰にぶち込み、派手な色柄の羽織を着て、勘助はまるで博奕打《ばくちう》ちのようないでたちである。

「お、おめえら、先に行ってろ」

お供の仙三たち五、六人にそう言い、勘助は物陰に身を隠すようにした。

仙三たちが訝りながら立ち去る。

すると勘助は物陰をとび出し、急いで女を追った。

女は路地裏を縫って足早に行く。

気づかれないようにしながら、勘助は距離を置いて後を追っている。

やがて城下を外れ、女は亀新田村の円光寺という寺の境内《けいだい》へ入って行った。

勘助は尾行をつづけながら、悪い予感がしてならなかった。

(畜生、やっぱり疑ってやがったか)

胸の内でひとりごちた。

庫裡《くり》の裏戸を叩き、出てきた寺男に女は何かを頼んでいる。寺男は一度引っ込み、やがて農具を持って現れると、それを女に手渡した。

女は礼を言って鋤《すき》を受け取り、寺の裏手へ向かう。

勘助が走って行って、庫裡へ入りかけていた寺男をつかまえ、

「おい、今の女だが」

「これは麦屋の旦那」

顔見知りの寺男が勘助に辞儀をする。

「なんて言って道具を借りたんだ」

「墓参りにきたけど、前から気になっていた木の根っこを切りてえと。それが墓の下まで伸びてるんじゃねえかと言うんです。おらがやると言うと、いや、結構だと言うもんで」

「うむ……」

「おら、あんな人見たことねえですけど、檀家《だんか》の人ですかねえ。親方、ご存知ですか」

「い、いや、知らねえよ」

寺男から離れ、勘助はさらに女の後を追った。

寺の裏手は墓地の並ぶ小高い丘になっていて、段々畑のような石段を女は登っている。

そして丘の頂へきて、女は笠を取った。小夜である。

墓地の途切れたそこは無縁墓が並び、盛土の上に俗名を書いた粗末な木が立ててある。

そのひとつを確かめ、小夜は鋤を使って土を掘り始めた。

ざっく、ざっく……。

墓を執念深く掘りつづけるその姿には、何やら鬼気迫るものがあった。だがいくら掘っても、小夜の目当てのものは現れない。

その表情に、やがて懐疑と失望、そして怒りがみなぎった。

突然、小夜の目が鋭く辺りに流れた。近くで気配らしきものを感じたのだ。

だがその時には、すでに勘助の姿は消えていた。

六

石屋の伝兵衛から添え状を貰い、月之介はそれを持って城下の自身番で石村米五郎に会った。

米五郎は中年で、伝兵衛が言うほど威張った様子はなく、月之介が素性の知れぬ旅の浪人とはいえ、父親から引き廻されているから丁重な態度である。

しかし米五郎も、佐治平の顔絵には心当たりがないらしく、首をかしげている。

「どうもこれだけでは……どこにでもいる男のようですな」

米五郎が難儀を表して言った。

とても石屋の伜上がりとは思えず、侍姿がよく似合っている。

「お手前はこの男に会っているのですか」

「いや、一度も」

月之介が苦々しく答えて、

「佐治平に関する材料は何もないのだ」

「うむ……それでは探すのは至難の業ですよ。まず宿場を中心として三百二十四の村があるのです。佐治平が小作人のなかに紛れ込んでいたらお手上げだ。それに家数は千三百軒余です。また漁師、村人、町人の数は五千五百人にのぼります。いや、今はもっと増えているかも知れません。その上、藩の侍が五百人以上はいますから、さらにその家族を入れると二千人以上になりましょうな。小田原城下は人が多いのです。探す手立てがありませんよ」

「……」

「しかしこの男、どこかで会っているような気も……」

月之介が藁にも縋るように、

「はあ……いや、思い違いかも知れません。会っていないと思いますよ」

「思い出してくれ」

「左様か」

「ところでこの佐治平なる男、何をしたのですか。まさかお手前の仇《かたき》では」

「いや、そういう筋ではなく、佐治平は命を狙われているのだ」

「命を？　それは只事ではありませんな」

「どんなことでも構わん、もしこの男のことで思いつくことがあったら、知らせて貰いたい」

木賃宿の名を告げ、それで月之介は自身番を後にした。

たそがれて、宿場は旅人の数が増えてきていた。

七

勘助は家に戻ってくるなり、もう日暮れで帰りかけていた人足たちを引き止め、酒盛りをしていけと言った。

そうしてお悦に命じて支度をさせ、仕出し屋から料理を取り、酒屋にも派手に樽酒を注文した。

人足たちは喜んだが、お悦は勘助の顔色が悪いのを見て取り、不審を抱いた。勘助はみずから戸締まりをして廻り、寝所へ入ると早々に布団に潜り込んだ。

「どうしたんですか、旦さん」

お悦が寝所へ入ってきて、心配そうに問うた。

「なんでもねえ、風邪っぴきでちょいと具合が悪いだけだ。おめえは人足どもの相手をしていろ」

顔を見せず、布団のなかからくぐもった声で勘助が言った。

「そうはいきませんよ。あたしの大事な旦さんなんですから」

「いいからよ、放っといてくれ」

お悦がむりやり布団をひっぺがし、勘助の顔を覗き込んで、

「まあ……いったい何があったんですか、まるで怖いものでも見たような顔じゃありませんか」

「うるせえ、おめえにゃ関わりねえんだ」

「あたしがこんなに心配してるのがわからないんですか」

「昨日や今日で、女房面するんじゃねえ」

「それじゃあたし、出てきますよ」

さっと立ちかけるお悦を、勘助が慌てて止めて、

「やめろ、行くな、ここにいてくれ」

「だったら、わけを」

「そいつぁ……」

勘助の顔が苦渋に歪んだ。

そこへ突然、静かな足取りで小夜が入ってきた。

勘助が色を変え、逃げ腰になって、

「やっ、てめえ、どっからへえりやがった」

「堂々と表からさ。めくらましに人足どもに宴会やらせたって、なんにもなりゃしなかったねえ」

「ううっ……」

「おまえさん、誰ですか」

お悦が怕《こわ》いような目で小夜を見ながら、おっかなびっくりで問うた。

「女中だろう、あんた。引っ込んでな。この人に差しで話があるんだ」

「そうですか」

お悦が小夜に一礼し、なぜか急ぎ足で出て行った。

「これ、麦屋」

小夜が勘助を睨み据えて言った。

勘助は何も言わず、うなだれている。

「おまえが言う佐治平の墓へ行って、念のために掘り返してきた。けど何もなかった。骨のかけらもなかった。いい加減なことを言ってわたしを騙したね」

「そいつぁ……」

「おまえが佐治平は死んだと言うから、わたしはそれを鵜《う》呑《の》みにして江戸へ行った。そうして用事を済ませて戻りながら、もしやという気持ちが首をもたげた。それでおまえが最初に案内してくれた円光寺へ行って、墓を掘り返したら、案の定嘘だということがわかった。どうしてわたしにそんなでたらめを」

「いや、すまねえ、聞いてくれ。これにゃわけがあるんだ」

「御託は聞きたくない。佐治平はどこにいる。生きているのか、死んでいるのか、それだけ言いなさい」

「さ、佐治平は……」

食い入るような小夜の怖ろしい目だ。

「生きてるんだが、もうこの土地にゃいねえんだよ」

「知らねえ、本当だ。奴とはもうおさらばして縁は切れてちまってるんだ」

「どこにいる」

「どこへ行くと言っていた」

「それも聞いてねえ」

勘助の落ち着きのない様子に、小夜が眉間を険しくして、

「おまえ、何か隠しているね」

「か、隠し事なんかしてねえ。信じてくれ」

「信じられるものか」

小夜が小太刀の鯉口《こいぐち》を切り、刀身を引き抜こうとした。

そこへお悦がどたどたと戻ってきて、戸口に出刃包丁を持って突っ立ち、

「か、帰れ、帰れ」

小夜がうんざりした目でお悦を見た。

お悦は包丁を持つ手を震わせながら、

「どんな事情があるか知らないけど、旦さんはあんたを嫌がっている。帰ってくれ、今日のところは」

「……」

「聞こえねえのか、あたしの言ったこと」

「……わかった」

小夜がしたがうと見せかけ、さらに小太刀を抜きかけた。それをすばやく見たお悦が、及び腰で近づいて包丁を突きつけ、

「女中風情だと思って舐めてると、このままあの世行きになっても知りませんからね」

「……」

唖然《あぜん》と見ていた勘助がわれに返り、床の間の長脇差を持ってきて抜刀し、居丈《いたけ》高《だか》になってそれを小夜に突きつけ、

「おい、あんた、これ以上つきまとわねえでくんな。今度面を見せたら命はねえぞ」

「……」

小夜は小太刀を手にすっと立ち上がり、

「そうはいかないわ。またくる。かならず佐治平の居場所を聞き出すからね」

捨て科白で悠然と出て行った。

「くそっ、あの阿魔《あま》」

長脇差を鞘に納めながら、勘助はお悦に寄って惚れぼれと眺め、

「おめえ、どういう素性なんだよ。てえした度胸じゃねえか。あの女は武家もんでよ、怖ろしいほどの使い手なんだぞ」

「そ、そうなんですか。こっちはそんなこと知らないから。夢中だったんですよ。けどそれを知ってるということは、以前にも旦さんは今の人に脅されてるんですね。佐治平さんて、誰のことですか。死んだんですか、生きてるんですか。人の墓を掘り返すなんて尋常なことじゃありませんよね」

「い、いや、これにゃいろいろと……」

勘助が口を濁し、視線を泳がせる。

「わけを聞かせて下さいよ」

「そいつぁ勘弁しろ。ともかくおめえのお蔭で助かった、礼を言うぜ」

「あたしは旦さんの味方ですから」

「うむ」

「旦さんの身に何かあったら、食いっぱぐれちまいますからねえ」

お悦がしれっと醒めた目で、勘助を見ながら言った。

八

月之介が木賃宿へ戻ってくると、お鶴が箱膳の飯を食べていた。

「うまそうだな」

月之介の言葉に、お鶴がにっこり笑って、

「さすがに海の近い町は違いますね。お魚がおいしいんです」

鯵《あじ》の塩焼きに舌鼓《したつづみ》を打っている。

そこへ老いた亭主が月之介を追うようにしてきて、飯はどうしますかと聞いた。腹ぺこだから頼むと言っておき、月之介はお鶴の淹《い》れた茶を飲み、

「猫千代はどうした」

「それが一旦戻ってきたんですけどね、お座敷がかかって出かけたんです。そういう宴席に佐治平が現れるかも知れないからって、猫千代さん置屋に頼んどいたんです」

「そうか」

お鶴が早々に飯を片づけ、月之介の前に正座をした。

「して、おまえの方はどうであった」

「実りはありませんでした。天に翔《かけ》ったか地に潜ったか、佐治平の行方は杳《よう》として知れずです」

うなだれた。

「おれの方も今日は徒労であった」

「鎧様、あたし、あれこれ考えてみたんですけど」

「うむ」

「佐治平って人は徒目付の手先をやっていたんですよね」

「そうだ」

「ということは、やることは江戸のあたしたちとあまり変わらないと思うんです」

「探索は得意であろうな」

「得意ということはですよ、三人の徒目付たちと違って、下世話に通じているということになりませんか。そうでないととても務まらないお役です」

「どこでも器用に潜り込めるということか」

「そうなんです。いろんな渡世を見てますから、どんな仕事にも就けるんじゃありませんかね」

「佐治平がこの地に根を下ろしていれば、それは考えられるな」

「でしょう。掛川藩をとび出したのが三年前ですから、すぐにここへきたとして、三年前からこっち、まずは商いを始めた人から調べてみようと思うんです」

「それをどうやって調べるつもりだ」

「商いなら組合があるでしょうから、そこを牛耳《ぎゅうじ》ってる人に聞きます」

「しかしよそ者のおまえに、向こうがすんなり教えるかな」

「ですからこれが役に立つんです」

傍らに置いた十手を見せ、

「あたし、これでも江戸からきた岡っ引きですから。神坂様の手札だってちゃんとあるんです」

月之介が瞠目《どうもく》し、

「お鶴、おまえが頼もしく見えてきたぞ」

「鎧様にそう言われると、嬉しいです」

うふっと肩を竦めて笑った。

月之介は真顔になると、

「おれは佐治平だけでなく、もう一人の人物にも目を光らせている」

「女刺客ですね」

月之介がうなずき、

「奴もきっとこの城下に……おれとしては、見つけて人斬りをやめさせたいのだ」

九

小田原一の料理屋に、麦屋勘助は須崎典膳《すざきてんぜん》という役人を招いていた。

須崎は町奉行所の目付役で、中年の狡智《こうち》に長《た》けた顔つきをしており、どうやら
二人はもちつもたれつの仲のようだ。

「須崎様、折入ってご相談したいことが」

「なんなりと申せ。おまえとは抜き差しならぬ仲なのだからな」

揶揄《やゆ》めかして須崎が言うと、勘助は苦笑混じりに、

「刺客を一人、廻して欲しいんですよ」

「なに、刺客とな。誰をやるのだ」

「いえ、このあたくしの警護役です」

「命を狙われているのか」

「へえ、まあ」

「それなら手附役を廻してやる。厳重に警護させるぞ」

「まずいんですよ、そいつぁ。藩のお人を頼むわけにゃ参りません」

「しかし刺客となると、いかにわしとて」

「一人おるじゃございやせんか」

「誰のことだ」

「お牢につながれてる狂犬みてえな浪人ですよ」

須崎がきらっとなり、

「矢車東吾《やぐるまとうご》のことか」

「へえ、その矢車様で」

「勘助、それはできんぞ。矢車は城下で強盗を働いた極悪人だ。二人の仲間は取り逃がしたが、ようやく奴をひっ捕えたのだ」

「証拠はあるんですかい」

「なに」

「矢車様が強盗を働いた証拠ですよ」

「いや、そう言われると……しかし矢車は仲間と一緒にいたところを見られている」

「けど強盗をやったのを見た人はいません」

「三人とも頭巾をしていたのだ」

「濡《ぬ》れ衣《ぎぬ》ですよ」

「違う、矢車も犯科を臭わせるようなことを言っている」

勘助は落胆した様子を見せ、

「そうですか……だったら仕方がない、ほかを当たるとしやしょうか」

ふところから取り出したずっしり重い金包みを、わざとらしく須崎に見せておき、それをまたしまいながら、

「実は丁度、矢車様がしょっ引かれて行くとこを見てましてね、たまげたんですよ。十人がとこ、お役人方が投げとばされていた。しかも縛られてもまだあの人は暴れまくって、お役人の刀をぶん取って逃げようと……あんな凄まじい狂犬みてえな人を見たのは、初めてでしたよ」

「矢車東吾は作州《さくしゅう》浪人で、示現流《じげんりゅう》を極めたようだな」

須崎はそう言いながら、勘助がしまいかけた金包みをわしづかみにした。

「ではこうしよう、勘助。矢車東吾は証拠不十分につき、明朝放免と致す」

金包みをおのれのふところへねじ込んだ。

「へえ、では早速貰い下げに参ります」

勘助が抜け目なく頭を下げた。

「まったく、いつもこれだ。おまえという奴にはかなわんな」

「へへへ、申し訳ねえ」

勘助は口をへの字に曲げて、

「さあさあ、話がついたら今宵は派手にやりましょう。江戸から流れてきた太鼓持ちがいると聞いたんで、呼んでおいたんです」

「都落ちの太鼓持ちか、それは面白い趣向ではないか」

勘助が大きく手を叩くと、きれいどころがわんさかと入ってきた。そのしんがりに扇子で顔を隠した猫千代がいて、

「お初におめもじ致します。江戸を失敗《しくじ》った猫千代と申します」

扇子を取って顔を上げると、白塗りの馬鹿殿様になっていた。

それには勘助も須崎も度肝を抜かれ、女たちと共に大笑いとなった。それでたちまち座が賑わい、酒料理が運ばれ、嬌声が沸き起こった。

「これ、犬千代とやら」

「いえ、猫です」

「どのようにして江戸を失敗ったのだ。聞かせてみろ」

須崎が愉快そうに聞くから、猫千代はどんより暗い表情を作り、

「あろうことか、お座敷で客をひっぱたいちまったんでございますよ」

「なるほど、それで落ち目になったのだな。ひっぱたいたのはどんな客だ」

さらに須崎が聞く。

「いけすかない役人なんです」

「江戸の役人はいけすかないか、犬千代」

「いえ、猫です。それはもう、権力を笠に着た嫌な奴ばかりでして」

「そうか、よしよし、おまえが気に入った。江戸など忘れてこの地に根を下ろしたらどうだ」

「どうやったら根を下ろせましょうか」

「そういうことはこの麦屋に任せておけ。こいつは請負屋だが、飯盛女の差配から人足集めまで、人入れ稼業もやっているのだ」

「麦屋の旦那、よろしくお願いします」

猫千代が三つ指を突く。

「ああ、いいとも。一度おれん所に訪ねてくるといいぜ。須崎様のお口利きならとことん面倒見てやるよ」

「わおっ、しょっぱなからこんないい人に出会って、なんてあたくしは果報者なんでしょう」

猫千代が嬉しそうに囃《はや》し方《かた》をうながし、その音曲に乗って奇天烈《きてれつ》な踊りを始めた。それがまた大受けで、座はさらに盛り上がった。

しかしいつもの常で、猫千代の白塗りの顔の下は醒めていて、

（麦屋か、妙な野郎だな……やけに気になるじゃないか、あの刀疵……）

早くも勘助に疑念を抱いていた。

十

お悦が台所で勘助の昼飯を作っていると、中年の男がぬっと廊下から入ってきた。

その異様な風体に、お悦は思わず悲鳴を漏らしそうになった。

男は垢じみた着物によれよれの袴をつけ、蓬髪《ほうはつ》の下の顔は黒ずみ、眼光は獣のように尖って鋭い。またその表情は暗く、肉厚の躰にはいいようのない威圧感が

あった。

「誰ですか、おまえさん。大きな声を出しますよ」

無頼の闖入者《ちんにゅうしゃ》と思い、お悦が警戒の声で言った。

「矢車東吾」

「え……」

「今日からここで世話になる」

矢車が近づいてきたので、とっさにお悦は後ずさった。

「酒をくれ」

「……」

「酒だ」

「あ、はい」

お悦が矢車に圧倒され、慌てたように大徳利を取ってどんぶりに酒を注ぐ。

それを待つ間ももどかしく、矢車はどんぶりをぶん取るようにし、喉を鳴らせて酒を飲んだ。

そして唖然と見ているお悦にぎろりと目をやり、いきなり腕を伸ばして着物の上からお悦の片方の乳房をつかんだ。

はっとなったお悦が、金縛りになる。

「女盛りだな」

「……」

「たっぷりとして、よか具合じゃ」

「……」

「どうだ、わしと一度手合わせせぬか」

お悦は怖ろしくて言葉も出ないが、

「よして下さい、やめて下さい」

身を縮め、蚊《か》の鳴くような声で言った。

矢車は暫くお悦の乳房を揉みしだいていたが、やがて手を放し、飢えたように酒を飲み干した。

お悦は急いで身を引き、胸許を掻き合わせてうつむいている。

「貰って行くぞ」

矢車が徳利を抱え、どんぶりを手に出て行った。

茫然と突っ立っていたお悦がわれに返り、箱膳を抱えて勘助の居室へ向かった。

そこで勘助に飯を出しながら、

「誰ですか、矢車東吾って人」

「ああ、ここに転がり込むようになったご浪人だ。世話をしてやってくれ」

勘助がなんでもないことのように言う。

「まるで物乞いみたいなあんな人、どうして家に入れたんですか、旦さん」

勘助は飯を食べ始めて、

「この間のようなことがあるだろう、用心のためにいて貰うことにしたんだ」

「用心棒ですか」

「そんなところだ」

「強いんですか」

「ああ」

「……」

「なんだ、文句でもあるのか」

「いえ、あのう……旦さんはここへくる前は何をしていたんですか」

「忘れちまったな」

「あたしの真似をしないで下さい」

「嫌なことは忘れるようにしてるんだ。おめえだってそうだろう」

「寝ていてよくうなされますよね。ゆうべなんかひどかった。胸を掻きむしるようにして許しを乞うみたいな、燃えてるとか早く行けとか言ってました」

「悪い夢でも見たんだろう」

「旦さん、もしかしてその昔に罪を犯してるんじゃありませんか」

「どんな罪だい」

「たとえば、人を手に掛けたとか」

「ははは、おれは虫も殺せねえ男だぜ」

「あたし、また会いましたよ」

「なに」

勘助が今度はなんだ、という顔になる。

「ここへ押し入ってきた武家女ですよ。ご城下におりました」

「どこにいた」

勘助の目の色が変わっている。

「研ぎ屋で刀を研いで貰ってました。あれはまだ旦さんをつけ狙うつもりですね」

「後をつけたか」

「そんなことしませんよ、怖ろしい。でも宿場のどこかにきっといるはずです」

「……」

勘助が飯を中断し、荒々しい足音で出て行った。

「おい、矢車の旦那」

勘助の呼ぶ声が聞こえる。

箱膳の皿から沢庵《たくあん》をつまみ取り、それをぽりぽりと齧りながら、お悦はじっと何かを考えている。

十一

月之介とお鶴の見ている前で、猫千代が佐治平の顔絵にいたずら書きのようにしてひょいと絵筆を走らせた。

左頬に深い刀疵を入れると、それは麦屋勘助そっくりの顔になった。

「ああっ、やっぱりそうなんだ」

猫千代が口に両手を当て、怖ろしげな表情になる。

木賃宿の外では、童たちの遊ぶ声が聞こえている。

「どうした、猫千代。佐治平に会ったのか」

月之介の問いに、猫千代がうなずいて、

「ええ、ゆんべのお座敷でそれらしき奴にばったり。その人に会ってからというもの、なんかもやもやしていて、それで今朝起きてもしやと思って閃いたんですよ。顔の刀疵がめくらましになってたんだなあ」

そう言ったあと、猫千代は急に自信がなくなったのか、

「いや、待てよ、違うかも知れない。別人だったらどうしよう……」

「何をしている人なの、猫千代さん」

お鶴が意気込んだ。

「そいつは麦屋勘助といって、城下でとっても幅を利かしてるんだ。ゆんべも目付役のなんとかという侍と一緒だった。あたしが都落ちした太鼓持ちだという触れ込みなんで、麦屋が面倒を見てくれることになったのよ。請負師を表の生業にして、飯盛女なんかも扱う人入れ稼業もやってるらしいね」

「ちょっ、ちょっと待って、猫千代さん」

お鶴が泡を食ったようになり、捕物覚え帳を取り出してぱらぱらとなかをめくり、城下の商人などから聞いてきた書き込みに目を落としていたが、

「ああ、あったわ。麦屋勘助、三年前に城下へ流れてきて、小田原藩に取り入って裸一貫から今の請負師を始めたのよ」

「そんなこと、誰が教えてくれたの」

「これがものを言ったのよ」

傍らの十手を見せて、

「教えてくれたのは海産物問屋の旦那さん」

「三年前とするなら、佐治平である可能性もあるぞ」

月之介はそう言ったあと、

「お鶴、男がのし上がった経緯はわかるか」

「はい。ええと、流れ着いた最初の年に箱根宿に大火事があったんです。ここで勘助は大活躍をして人勢の人を救っています。そのことでお奉行様から表彰されてますから、たぶん藩とつながりができたのはこの辺りだと思いますね」

月之介が無言で聞いている。

「さらにその後に、小田原宿の何十という助郷村で争いが起こり、あわや打ち毀《こわ》しになろうというのを麦屋がお役所に知らせ、事が興る前に鎮めています。そういう功績があって藩の覚えがよくなり、それで請負師を始めたみたいです」

「その軍資金は、では藩から借りたのかな」

月之介の問いに、お鶴は首をかしげ、

「いえ、それはないと思います。そういうことは表沙汰になることですから、すぐにわかるはずです。どんなに功績があったからって、天下の小田原藩が流れ者なんかに金は用立てないと思うんです」

「ふむ、それもそうだ」

「ですから旧くからいる小田原宿の商人たちは、よそ者の麦屋に眉を寄せていますね。今では少しばかりよくない噂もあるようなんです」

「それにしてもうまいことやったもんだよなあ、つきもあったんだろうけど」

猫千代が感心する。

「そのよくない噂というのは」

月之介がお鶴に問うた。

「いえ、大したことでは……ゆうべ同席した役人もそうなんでしょうけど、藩の人たちとつながりを持って、便宜を図って貰ったりまたその逆をしたりと、何人かともちつもたれつの関係を麦屋は築いているようです。つまりすっかりこの土地に根を下ろして、はびこっているというわけですね」

「鎧の旦那、どうしますね。もし麦屋が佐治平だとしたら、命を狙われてることを教えてやりますか」

「むろんそうするつもりだが、城下で成功しているとなると、よもや逃げることは考えまい」

「だったら、むざむざと……」

猫千代が気を揉む。

「はて、どうしたものかな……」

月之介が思案に詰まった。

十二

宿外れの草原で、小夜は両手を首の後ろに廻し、仰臥《ぎようが》していた。

雲ひとつない青空の下、冷たい風が頬に心地よく、近くから小川のせせらぎも聞こえている。

思うは兄のことばかりだった。

兄鳥居新六郎は、掛川藩の末端に属する下級武士で、米改役《こめあらためやく》というお役に就きながら原川村に居住し、郷士的生活を余儀なくされていた。新六郎の父も祖父も、鳥居家は代々そうであった。掛川藩士でありながら、登城に及ばず、という扱いを受け、扶持米《ふちまい》は年にたったの一俵なのである。それがため、一俵武士と世間から呼ばれて蔑《さげす》まれ、彼ら在郷居住の家臣団は屈辱を舐めて生きてきたのだ。剣よりも鋤や鍬《くわ》を持つことの方が多く、みずからも百姓武士、と卑下もしていた。それだけに農民たちとの結びつきは深く、連帯感も強かった。

それが三年前、暴風雨によって遠江、駿河両国一帯が未曾有の飢饉《ききん》に見舞われた。村々は疲弊《ひへい》し、多くの餓死者まで出た。農民たちは領主へ年貢減免を求め、両国のあちこちで一揆《いっき》が勃発した。

原川村にもその怒濤《どとう》が押し寄せ、農民たちが連動して不穏な動きを始めた。

それを知った鳥居新六郎は、必死で鎮圧に駆けずり廻った。農民の側についてやりたかったが、藩に逆らうことはできなかった。事を無事に納めたかったのだ。

だがその甲斐なく、農民の動きを察知した掛川藩は鎮護隊《ちんごたい》を送り込んだのだ。

それが海江田頼母、伊丹欽之丞、早川甲之進の三人の徒目付と、原川村に潜入して事態を探った密偵の蓑助、佐治平であった。

彼らは藩命を名目に、村を襲撃した。

表向きは農民の反撃に遭《あ》い、やむなく原川村を焼き討ちにした、ということになっているが、事実はそうではなかった。その五人で夜討ちを仕掛け、眠っている村人たちを手当たりしだいに虐殺したのである。

その日、小夜は所用があって駿河まで行っていて、難を免れたものの、帰ってきて兄の無惨な骸《むくろ》と対面することとなった。兄だけでなく、幼い頃から親兄弟同然に暮らした農民たちの骸も、累々《るいるい》と転がっていた。そのなかには生まれて間もない赤子もいたのだ。

酸鼻《さんび》を極めたその状況に、小夜の躰から魂が抜け落ちた。

そして脱け殻になった体内に、新たに復讐の炎が燃え始めた。人の心を捨て、五人の命脈を断つ、という誓いを立てたのである。

この時、海江田、伊丹、早川、蓑助の顔までは知っていたが、佐治平だけは知り得なかった。

小夜は掛川の城下に潜入し、五人の情報を収拾した。そして彼らが焼き討ちの後に脱藩していた事実をつかんだ。原川村の虐殺が家中で取り沙汰《ざた》されるようになり、裁かれることを怖れたものと思われた。やがて五人は途中までは行動を共にしていたが、東海道を下るどこかでばらばらになったこともわかってきた。それぞれの行く先の見当らしきものもつかめた。

そうして小夜は修羅の旅に出たのである。在所には二度と生きて戻れぬ、という覚悟であった。住み慣れた山河に訣《わか》れを告げた。

まず佐治平が小田原か箱根に身を寄せるはずだという周辺情報から、小田原へ入った。

しかし佐治平の顔がわからず、探索は困難を極めた。大海に落ちた針を探すような絶望的な気分だった。そんな時、土地で顔が利きそうな麦屋勘助という男と出会った。事の詳細は明かさぬまでも、掛川藩で小者を務めていた佐治平という男を探しているのだと告げると、意外なことに勘助はその男を知っていると明かした。これぞ天の導きかと小夜は勇躍したが、次の勘助の言葉に小夜は愕然となった。勘助の話では、佐治平はこの地へきてすぐに死んだと言うのだ。亀新田村の円光寺にも連れて行かれ、その粗末な墓の前に立たされた。佐治平を討ち果たすことができずに無念であったが、小夜は小田原を出て江戸へ向かった。

蓑助の立ち廻り先を探るうち、彼が罪を犯して寄場に入っていることを知った。それが復讐の手始めとなった。嵐のなかを石川島へ辿り着き、そこで蓑助を仕留めた。

次いで海江田を探し出し、賭場の悶着のどさくさに紛れ、復讐を果たした。江戸にいたのはこの二人だけで、小夜はまた東海道を折り返した。戸塚に留まり、伊丹の消息を追った。やがて伊丹が騙りの一味に入っていることが判明した。脱藩した落伍者《らくごしゃ》たちが、犯科の道へ入って行くのはどうしてかと思いもしたが、そっちの方には構っていられず、ひたすら伊丹の命をつけ狙って機会を窺った。鎧月之介という正体不明の男に邪魔立てはされたが、伊丹を討ち果たすことができた。

それからさらに東海道を上ったが、その途次、佐治平の死がどうしても納得できず、再び小田原に足を向けた。その墓に疑惑を抱いて掘り返すと、佐治平の骨はなかった。麦屋勘助に騙されたのだ。

改めて勘助のことを考えてみた。

やはり勘助という男は、佐治平のことを何か知っているのではないか。佐治平が死亡していないのならば、その行く先を握っているような気がしてきた。

(もう一度、勘助に問い糾《ただ》そう)

起き上がった視線の先に、こっちへ向かって力強く歩いてくる男が目に入った。

その全身から殺気がみなぎっている。鎧月之介かと思ったが、しかしそれは見知らぬ男であった。辺りをすばやく見廻すが、ほかに誰もいない。危険を感じた。小太刀を手に取り、身構えた。

矢車東吾は間近までくると、射るような目で小夜を見据えた。

「小娘、死ぬるがよい」

いきなり抜刀し、斬りつけた。

それより速くとび退り、小夜も小太刀を抜き合わせた。

「誰、あんた。どうしてわたしを狙うの」

「問答無用」

矢車が獣のような咆哮《ほうこう》を発し、しゃにむに斬り込む。

刃風が弾け飛んだ。

小夜が矢車の大刀を受けた。

刃と刃が嚙み合い、ぎりぎりと刃音を立てる。

矢車は膂力《りょりょく》に任せ、小夜を圧倒してくる。

押しまくられた。

が、小太刀が大刀をすり抜け、まっすぐに突き出された。

「うっ」

矢車の左の上腕が斬り裂かれた。

袖が破れ、どくどくと血汐《ちしお》が流れ出る。

押し寄せる痛みに、矢車の手からぽとりと刀が落ちた。

よもやの不覚に、矢車の顔が醜く歪む。

すかさず小夜の白刃が、矢車の胸板に押し当てられた。

「くっ」

矢車が身動きできなくなる。

「誰の差し金」

「うぬっ」

「言わなければ、斬る」

「……」

小太刀が矢車の心の臓を狙った。

「待て、わかった」

「早くお言い」

「麦屋勘助だ、奴に頼まれた」

「……」

小夜の顔から血の気が引いた。

その時、閃くものがあった。

(あの勘助こそ、佐治平ではないのか)

もしそうなら、これまでのいくつかの疑念にも説明がつく。腹の底から煮え滾《たぎ》るような怒りがこみ上げてきた。

矢車から離れ、小太刀を抜き身のまま、小夜は走り去った。

「くそったれえ」

おのれの不甲斐なさに、矢車も激怒していた。

武門の意地や誇りというものが人一倍強い男だった。今や浪々の身となり、すでに失われた武門のはずなのに、しかし幻のようなそれをよりどころとして、矢車は生きてきたのだ。小娘に手傷を負わされたことに、深い恥辱を覚えた。

片腕から血を滴らせながら刀を拾い、猛然と小夜の後を追った。

十三

日差しが明るく降り注ぐ縁側まで小机を出し、麦屋勘助、いや、佐治平は帳付けをしていた。

商いは順調で申し分がなく、この幸せがいつまでもつづいて欲しいと、佐治平は心から願っていた。小田原城下へきてからはまともにやっているつもりで、そのための努力もしてきたし、今後も精進を重ねようと思っている。旧悪には蓋をして、このままぬくぬくと生きつづけたかった。

半年前、小夜を最初に見た時は驚愕した。

しかし佐治平の方は鳥居新六郎の妹と知っていたが、小夜はそうではないことがわかった。

佐治平を探していると言われた時は、思わず戦慄したものだ。小夜は神道無念流の使い手として名を馳《は》せていたから、兄や村の衆の仇討にきたことはすぐにわかった。しかし小夜は佐治平を知らないのだ。

そこで佐治平は死んだと偽り、無縁墓まで連れて行って納得させたつもりだった。それがまた半年ぶりに舞い戻ってきて、佐治平に佐治平のことを聞き出そうとしている。まさに噴飯《ふんぱん》ものだったが、佐治平は薄氷の上を歩いているような気がしてならなかった。

いつ小夜に正体がばれるか、死の恐怖に捉われつづけていた。

それで矢車東吾に暗殺を頼んだのだが、結果を聞くまでは不安は消え去らない。今こうしていても、いつ小夜が佐治平の正体を見抜いて襲ってくるか、気が気でないのだ。

早くあの小娘を抹殺して、枕を高くして寝たかった。

その時、庭先に人影が立った。

ふっと顔を上げた佐治平の目が、驚きに見開かれた。

その反応を見て、月之介は得たりと確信した。

月之介の方は知らないが、佐治平は明らかに木暮月之介だと認識した目だった。

「佐治平だな」

「……」

佐治平は動転して言葉が出ない。

なぜここに木暮月之介が現れたのか、それになぜ浪人姿なのか、俄《にわか》には事態がつかめない。

「このおれを知っているな」

「あ、はい……槍奉行で書物奉行の、木暮月之介様……掛川のご家中では、遠くからお姿を拝んでおりました」

「今は違うが、昔は確かにそうであった」

「どうなされたのでございますか」

「おまえたちが藩を抜けた後に、おれも事情があって脱藩した」

「さ、左様で……」

その月之介がなぜ自分の目の前に現れたのか、佐治平は疑心暗鬼の思いに捉われた。

「佐治平」

「はい」

「蓑助、海江田、伊丹は殺されたぞ」

「ええっ……」

佐治平の顔が一気に青褪めた。

「次はおまえだ」

「……」

「誰に狙われているか、わかっているな」

「……」

「答えろ、佐治平」

佐治平がとび退《の》くようにして平伏した。

「恐らく、小夜様かと。小夜様は一俵武士の鳥居新六郎様の妹なのです」

「それで、身に覚えがあるのだな」

「……」

「原川村でおまえたちは何をした。農民らの反撃に遭い、やむなく焼き討ちにしたとは聞いたが、本当は何があった」

「手当たりしだいに……」

「なに」

月之介が鬼の形相になった。

「反撃なんてありませんでした。みんな眠っておりました。そこを襲ったのです。男衆は言うに及ばず、女子供の別なく斬り殺しました」

「なぜだ、なぜそこまで……」

「今となっては何もわかりません。あの時はただ、弱い者たちをいたぶることに夢中でした。あたしらもどうかしてました。血に飢えたようになっちまったんです。悔やんでおります。あんなことしなければよかったと、ひれ伏す気持ちでいっぱいでございます」

「もう遅い」

「へい」

「小夜に代って、おれが貴様を斬ってもよいのだ」

月之介が刀の柄に手をかけた。その面上に凄まじい憤怒が浮かんでいる。

佐治平は生きた心地がせず、ばたばたと見苦しく逃げ廻って、

「どうか、それればかりは……お許し下さいまし、命だけは」

月之介に向かって懸命に拝んだ。

「……」

怒りは納まらず、弥増《いやま》した。

そこへ表の方から荒々しい足音が聞こえ、「麦屋はどこだ」と言う矢車の声がした。

（まずい）

とっさにそう思い、月之介の顔を盗み見て佐治平がうろたえた。

月之介が身を引き、植込みに姿を隠した。

矢車が居室へずかずかと入ってきた。

そして死角になった月之介に気づかぬままで、

「あなどったぞ、麦屋。これを見ろ」

左の袖をまくり上げ、疵に巻きつけた晒し木綿を見せて、

「小夜とやら申すあの娘にやられた。わしが油断したのだ」

「や、矢車の旦那……」

「いや、よい、何も言うな。次はかならず仕留める。おまえに指一本触れさせぬからな」

「……」

佐治平の落ち着かぬ視線の先を追った矢車が、さっと表情を引き締めた。

月之介が姿を現し、じっと二人のことを見ていたのだ。

「なんだ、お主は。麦屋、こ奴は何者だ」

「いえ、この御方はそのう……」

「おい、無礼ではないか。そこで何をしている。名乗れ」

「……」

月之介は何も言わず、佐治平を目で刺したまま、踵を返した。

そうして家の外へ出て、ふらりと立ち去って行く月之介を、物陰から現れたお

悦が見送った。

お悦はそれまで家のなかにいて、月之介と佐治平のやりとりを逐一盗み聞きしていたのである。

佐治平の秘密を知ることとなり、お悦の表情にはこれまでにない暗く深い思いが漂っていた。

そして用心深く、距離を取りながら、月之介の後をつけ始めた。

十四

お悦は佐治平に、城下の研ぎ屋で小夜を見かけたが、その行く先は知らないと言った。

だがそれは真っ赤な嘘で、居場所はその時に突きとめてあった。

小夜は亀新田村の百姓家の離れを借り、そこを拠点として、これまで行動していた。

昼前の今、小夜は鎖帷子《くさりかたびら》を身につけ、武装していた。日の暮れを待って麦屋へ斬り込むつもりなのだ。

先ほどの浪人の刺客は視野になかった。めざすは佐治平の首級《みしるし》ひとつなのである。

着衣を終えたところで、突然、窓障子を破って石文が投げ込まれた。

はっとなった小夜が窓から外を覗くが、人影はどこにもなかった。

石文を開くと、

「さじへいは箱根の寮」

と書いてあった。

誰がなんのために知らせてきたのか、小夜は混乱した。たまらず表へとび出した。やはり人影はなく、枯れた田畑が広がっているだけだ。

石文を投げたのはお悦で、すでにその場を立ち去っていた。

城下の方へ急ぎ足で戻りながら、

(みんな不幸になればいいのよ)

お悦はそう思い、愉快犯の顔に意地悪な笑みを湛えていた。

月之介もまた、木賃宿で身支度を整えていた。

日没に麦屋へ行き、小夜を待ち受ける心算なのだ。かならず小夜は現れると確信していた。そうして復讐の鬼と化した小夜を諌《いさ》め、この不毛の仇討をやめさせたかった。佐治平のような取るに足りない男のために、若い小夜の人生が台無しになるのは忍び難い思いがした。佐治平の口から原川村の虐殺を聞いてからは、月之介の心情は小夜に傾いていた。

救えるものなら、救ってやりたい。

それが偽らざる気持ちだった。

そこへ猫千代が駆け込んできた。

「旦那、たった今こんなものが」

結び文を差し出して、

「宿の亭主が、女の使いからこれを頼まれたと」

「女の使い?」

「どこの誰ともわからないそうで、城下のもんなら顔見知りだけど、そうじゃなかったそうなんです」

月之介が結び文を開いた。

「さじへいは箱根の寮」

と書かれてある。

月之介の表情が疑惑に歪んだ。

十五

小田原から箱根までは、四里八丁の道のりである。

車坂と呼ばれる箱根湯本から、箱根峠まで登ってきて、その雄大な眺めにお悦は思わず驚嘆の声を漏らした。

今まさに夕日が沈もうとしていて、連山が赤茶色に染まっている。春の気配が山一面に漂い、木の芽が吹く音さえ聞こえてきそうな感がする。

「見て下さい、なんてきれいな眺めなんでしょう」

同行の佐治平と矢車東吾に、お悦が息を弾ませて言った。

佐治平はうんざり顔で、矢車は無表情である。その肩に、酒や食糧を詰めた籠《かご》を担いでいる。

佐治平から箱根に寮があることを聞き出し、麦屋にいると何かと物騒だから、遊山をかねて行こうと言いだしたのはお悦であった。

それもそうだと思い、反対する理由もないので佐治平はそれにしたがった。

寮は去年の春に湯宿の出物があって買ったもので、仕事にかまけてなかなか行く暇もなかった。秋に一度行ったきりなのである。

「お悦、何をしてるんだ。早く行かないと日が暮れちまうぞ。お山はあっという間に夜だからね」

「どっちの道を行くんですか」

「こっちだ、こっちだ」

佐治平が先に立って案内し、石畳の道を木々を払って進んだ。

そこから先はまた登りになっていて、難儀を極めた。

その後にしたがいながら、お悦がそっと矢車の指に指を絡めた。

矢車が秘密めかしたうす笑いになる。

お悦の表情にも謎めいた笑みが浮かんでいた。

狸によく似たお悦の顔が、夕日を浴びてなぜか美しく輝いて見えたから不思議である。

十六

囲炉裏の火が赤々と燃え、大鍋のなかでは鴨肉《かもにく》や野菜類がぐつぐつとごった煮にされている。
佐治平と矢車が向き合い、お悦の給仕でどぶろくを飲み、鍋料理を食らってい
た。
そうしながら、お悦もちびちびと酒を舐めている。
三人とも温泉に温もり、酒のせいもあって血色がいい。
「やっぱり山のなかは違いますねえ。冷え込んできましたよ、旦さん」
お悦が言って、胸許を掻き合わせた。
「だから冬の間はここへこないようにしてるんだよ。もう少しで桜が咲くから
ね、そうしたら仙三たち店の者を連れて、遊山にこようと思っている」
「それは楽しみですね」
佐治平に話を合わせながら、お悦は腹のなかでは別のことを考えていた。
（ふん、旦さんがここへくることはもう二度とありませんよ）
お悦は矢車と共謀して、この箱根の一夜で佐治平を殺そうと思っている。
その考えが閃いてから、すぐに佐治平から矢車に乗りかえる気になった。血を
見るのは嫌だから、崖から突き落としてやるつもりでいる。そうして事故を装っ
て佐治平を手に掛け、箱根の関所へ芝居を打って訴え出る。やがて骸を戸板に乗

せて小田原まで運び、麦屋でとむらいを執り行って、お悦はその席でこう言うことにしている。

「今日からあたしが麦屋を取り仕切ります。これは死んだ旦さんの遺言なんです」

それらしき遺言書も、矢車が佐治平の筆跡を真似て、すでに昨夜のうちに作成してあった。

お悦と佐治平の関係を店の者たちはみんな知っているから、誰も怪しまないはずだ。

麦屋の仕事を、お悦にはやれる自信があった。今や請負師の女将になる夢を膨らませているのだ。

矢車とは佐治平の目を盗み、三日前に麦屋の蔵のなかで関係を持った。単純で腕っぷしの強いこの男を、お悦は気に入っていた。矢車がいるとなんでもできそうな気がした。初めて会った時は物乞い浪人かと思ったが、よくよく見れば、男臭いなかなか魅力のある男であることがわかった。野卑で品性の悪いところもあるが、それがお悦にはたまらなかった。

それに何よりお悦がとびついたのは、矢車という男は悪事をなんとも思っていないということだった。それまでにも無数の悪事を重ね、人を泣かせてきたようだ。人殺しとて、一度や二度ではあるまい。たがいに昔を語り合ったりはしないが、そういうあうんの呼吸はぴたっと合ったのだ。

矢車とて行きはぐれていた獣のようなものだから、言ってみればお悦に拾われ、そこで首輪をかけられても、くんくんと喜びの鼻を鳴らしたものだ。

佐治平は大して酒に強くないので、酔っぱらってきたら、矢車がその躰を担いで近くの崖から谷底へ投げ捨てる、ということになっている。

そういう段取りがついているので、お悦と矢車は懸命に酒宴を盛り上げた。

矢車が輿に乗ったように見せかけ、他愛もない作州の国の話を始めたが、佐治平は聞いていない。そんな遠い国の話はぴんとこないようだ。

やがて佐治平が顔を赤くし、首をゆらゆらと揺らせ始めた。酔い始めた時の癖なのだ。

お悦と矢車の視線が、殺意を孕《はら》んで妖しく交錯した。

（もう少しよ、もう少しで寝ちまうよ）

お悦が目でそう言えば、矢車が自信たっぷりな目顔でうなずいた。

やがて佐治平の目がくっついてきて、ごろりと横になった。

お悦がうながし、矢車が立ち上がって佐治平に近づいた。

その時、表戸が叩かれた。

「誰……」

張り詰めていたお悦の口から、怯えたような声が漏れた。

「誰だ」

矢車がさらに大きな声で言うが、応答はない。

お悦が不安な目をぶつけ、それに応じた矢車が土間へ下り、がらっと戸を開けた。

冷たい風が吹き込んできた。

山のなかは深い霧に包まれていた。

だがそこには誰もいない。

(木暮という浪人か、小夜のどっちかだわ)

お悦にとって目障りなその二人を、闘わせるか、あるいは矢車に斬り捨てさせるか、それも視野に入れて考えていた。だから石文や結び文でここを教えておいたのだ。

「そこにいろ」

　矢車がお悦に言い捨て、刀を取ってとび出して行った。この男は考え深くないから、直情径行になんでもすぐに行動に出るのだ。

　戸が開いたままなので、お悦が立って行って閉めようとした。

　そこへぬっと小夜が立った。

「ひっ」

　お悦が叫んだ。

「これはあんたの仕業ね」

　小夜が石文を突き出した。

「な、なんのことかあたしには……」

「何考えてるの、あんたは。ただの女中だと思ってたけど、少し違うみたいだ」

「それを言いにきたんですか」

「ふん、そうじゃない。あんたのことなんてどうでもいいんだ」

　小夜がお悦を押しのけ、土間へ入ってかっとした目になった。

　佐治平が身を起こし、とろんとした目でこっちを見ていたが、小夜の姿に悲鳴を上げ、慌てて奥へ逃げかかった。

すかさず小夜が身を躍らせ、小太刀を抜いて襲いかかった。

「があっ」

後ろ袈裟斬りにされた佐治平が絶叫を上げた。そして苦しそうに虚空をつかんで倒れ伏した。それでもまだ這いずり廻り、逃げようとしている。

小夜が近づき、留めを刺そうと小太刀を構えた。

そこへ月之介がとび込んできた。

鋭く見返る小夜と、月之介の視線が烈しくぶつかった。

「おまえ……」

月之介が何かを言いかけた。

「またあんたか」

「もうよせ、こんなことをいつまでつづけるつもりだ」

「わたしの何を知っている」

「おれは元掛川藩士だ。海江田も伊丹も、それに早川のこともみんな知っている。原川村の襲撃の真相も、そこの佐治平から聞いた」

「それならわたしの思いはわかるはずよ」

「おまえの胸中は察するに余りあるが、もはや許せることではない。やめろと言っているのだ」

「あと一人」

「なに」

「それでわたしは兄上の許へ行ける」

「愚かな」

月之介が迫ると、小夜は小太刀を閃かせて牽制し、そしていきなり身をひるがえして奥へ逃げ去った。

すかさず月之介が追って行く。

「お……お……」

佐治平が震える手を突き出し、苦しい息の下から何かを言っている。

「旦さん、どうしましたか。悦はここにいますよ」

お悦が血の臭いに鼻を曲げながら、すり寄って佐治平に顔を近づけた。

その時、矢車が戻ってきた。

何かを言いかける矢車を、お悦は目で刺して黙らせておき、

「そ、そこの隠し棚……」

「えっ」

佐治平が指差す先を見て、お悦が立って違い棚をごそごそとやる。

矢車も上がってきて、お悦を手伝った。

「何もありませんよ」

お悦が佐治平に言った。

「仕掛けがある……細い紐……」

「ええ、紐がありました」

「それを引いてみろ」

お悦が言われた通りにすると、ぎいっと棚が動いて壁にぽっかり隠し穴が現れた。そこへ手を突っ込んでみると、袱紗に包まれた百両が出てきた。

「まあ、こんな大金、どうしましょう」

お悦の目が貪婪《どんらん》な光を帯びた。

矢車もひそかに喜色を浮かべた。

だがそこへ戻ってきた月之介が、お悦の背後から金包みをぶん取った。小夜には逃げられたようだ。

矢車がかっとなって月之介を睨むが、お悦がそれを抑えた。

そして月之介は虫の息の佐治平に身を屈めると、

「これはなんの金だ、佐治平」

「ああ、木暮様……よかった、木暮様ならお頼みできますね」

「何を頼みたい」

佐治平は息も絶えだえだ。

「佐治平、しっかりしろ」

「こ、こ、甲府にいる早川甲之進様にその金を」

その名を聞き、月之介は緊張を浮かべて、

「早川は甲府のどこにいる」

「……」

「おい、佐治平。この金をなぜおまえが早川に託すのだ」

「甲府……遠州屋……」

そこまで言って、佐治平はこと切れた。

「……甲府の遠州屋」

佐治平の今際《いまわ》の際《きわ》の言葉を復唱し、月之介が金包みを握りしめた。

お悦と矢車が、息を詰めるようにして見守っていた。

その二人へ冷たい視線を投げ、月之介が立ち上がった。

「待て、その金を置いていけ」

矢車がすらりと抜刀し、月之介に剣先を突きつけた。

「……」

月之介と矢車の目と目が間近で火花を散らせた。

やがて眼前の白刃をものともせず、月之介が無言のまま、ずいっと外へ出た。

その姿が霧のなかへ消え去った。

霧が家のなかまで入り込んでくる。

「ちょっと、あんた……」

お悦はぎらぎらとした目で矢車を見据えていた。

お悦が何を言おうとしているのか、矢車にはすぐにわかった。

二人とも、瞼《まぶた》に焼きついた百両が消えなかった。

第四章　甲府の嵐

一

薫風《くんぷう》山野に満ち、木々が匂うように芽を吹いていた。

ホーホケキョと鶯《うぐいす》が鳴くそばで、それにつられた時鳥《ほととぎす》がひと声鳴くが、人の足音に驚いて慌てて飛び立って行った。

爪立つような急坂の山径《やまみち》を、月之介、猫千代、お鶴が登ってきた。

三人とも、笠の下の顔がうっすら汗ばんでいる。

「参っちまったなあ、こんな山んなかで。鎧の旦那、やっぱり迷ったみたいですよ。いや、やっぱりじゃないですね、ほとんどですね」

難儀を浮かべて猫千代が言った。

「どうもそのようだな」

月之介は意に介さない様子だ。

「そんな暢気なこと言ってる場合ですか。虎や狼に食われたらどうするんです」

お鶴がころころと笑って、

「いるわけないでしょ、そんな奴ら。猫千代さんはなんでも大袈裟なのよねえ」

「怖くないのかい、お鶴ちゃん」

「あたしはへっちゃらですよ、鎧様と一緒なんだから。猫千代さんなんかいなくても大丈夫」

「あ、そう。近頃可愛くないね。江戸に帰ったらさっさと嫁に行っちまいなさい」

「あたしはお嫁になんか行きません」

「知らないだろう、女も腐るんだよ」

「ええっ」

「もう少ししたら腰が曲がって皺がよってくるからね、ああ、お鶴ちゃんの婆さんなんて目も当てらんないね」

お鶴は猫千代を無視して、

「鎧様、今のところはまだ日が高いからいいですけど、翳《かげ》ってきたらどうしますか。少し心配になってきましたよ」

「お鶴、あれを見ろ」

月之介の指す先に湧き水が流れていて、そこから微かに湯煙が立っていた。

「あら、温泉ですか」

「そうだ。うまくいったら人家があるかも知れんぞ」

「あるといいですね」

はしゃぐお鶴を猫千代が制して、

「ありゃしませんよ。あったとしてもきっとお猿様が団体で湯浴《ゆあ》みをしてるんです。嫌だなあ、猿と一緒に湯にへえるなんて」

嘆いた猫千代がぱっと目を輝かせた。

湯宿らしき家の屋根が、下方に見えてきたのだ。この辺りの風習で、屋根に幾つもの石が置いてある。

「あらっ、本当にあった」

猫千代が狂喜した。

石ころだらけの道に気をつけながら、三人はその家の前へ辿り着いた。百姓家を少し大きくしたような造りだ。

そこで床几《しょうぎ》に掛けた七十ほどの老爺が、のんびりとした風情で煙草《たばこ》を吹かしている。

老爺は三人を見ても格別驚きもせず、

「ようお出《い》でなすった、まんず上がんなされよ」

と言った。

月之介は道を尋ねるよりもまず空腹を覚えたので、飯を所望すると、老爺は三人を広い土間へ導き入れ、台所へ行って握り飯を持ってきてくれた。茶も淹れてくれ、三人はとりあえず昼飯にありつけた。

そこで月之介が、甲府宿を目指しているのだが、小田原宿から甲州路へ入り、足柄峠《あしがらとうげ》を越えたのまではよかったが、そこから丹沢《たんざわ》の山のなかで迷ってしまったのだと言った。

すると老爺はそれは無理もないと言って笑い、だがそんなに外れてはいない、ここも甲斐国《かいのくに》の山のなかで、信玄公《しんげんこう》の隠し湯がある所なのだと言った。

古くからここの山湯は金瘡《きんそう》、外傷、疥癬《かいせん》などの諸瘡によいとされ、武田軍の武将が合戦で受けた疵の治療に入湯したといわれているのだ。

戦国の世の頃は隠し湯だが、今はおおっぴらなのだとも老爺は言った。

そうして老爺は奥から富士見三十八州の絵図を持ってきて、それを月之介にくれると言った。

「これは有難い」

月之介が礼を言って絵図を押し頂いた。

「父っつぁん、甲府宿ってどんな所？」

猫千代が問うと、老爺は首をふって、

「今はよくねえな」

と言う。

「よくないって、何が」

「妙な奴らが宿場を食い物にしてるだよ」

「どんな奴ら」

「姿を見せねえんだ」

「へっ？」

「ここいらじゃ麝香様《じゃこうさま》って言われている」

「何、それ」

「おれも知らねえのさ。ともかくそういうわけのわからねえ奴らが、物持ちから金をかすめ取ってるみてえなんだ。そう聞いたぜ。おれっちの所なんかこねえからいいが、言うことを聞かねえとひでえ目に遭わされるらしい。気をつけなせえよ」

そう言った後、猫千代のくたびれた旅姿を見て、

「まっ、おめえさんじゃいくらなんでもかすめ取りようがねえだろうがな。向こうが幾らかくれるかも知れねえ」

老爺が愉快そうに笑った。

「父っつぁんって、根っから明るい人なんだね」

猫千代が鼻白んだ。

だが月之介とお鶴は、「麝香様」という耳馴れない名に違和感を覚えて、

「お爺さん、なんで麝香様って言うの」

お鶴が聞いた。

「顔を見せねえそいつがな、いつも麝香の匂いをさせてるんだとよ」

「女なのかしら」

「さあ、どうかな」

しかしそんな人間はどこにもいるから、とても計り知れない話だった。

「世話になった」

月之介が老爺に、折り目正しく礼を言った。

二

山峡の日暮れは早かった。

富士山はどこにいても山塊《さんかい》の間より胸から上を覗かせていて、その左右に青黒い連山がゆるやかな弧線を描き、甲府盆地を抱くようにして広がっている。今は深緑の山々が、桜の開花を境にして青竹色に一変するのだ。

正面には駒ヶ岳、地蔵ヶ岳が見えていて、薄暮の空を鴉《からす》の群れが塒《ねぐら》へ急いでいる。

三人は山道を急いだ。

そうして甲府宿に着いた時には日はとっぷりと暮れ、大通りに紅燈が並び、旅籠の客引きが呼び込みに声を嗄《か》らしていた。

長さ九十六丁、家数は約千五百で、甲府宿は甲州街道のなかでも大きな宿場なのだ。

松田屋という旅籠の二階に投宿したが、部屋はどこも塞がっていて、三人はひとつ部屋に押し籠められた。

茶を運んできた女中に、まず月之介が尋ねた。

「この宿場に遠州屋という店はあるかな」

「へえ、一軒だけごぜえます」

頬の赤い田舎臭い女中が答える。

「何を商っている店だ」

「遠州屋さんは提灯《ちょうちん》を売っておりますだ」

「どんな男だ、主は。歳は幾つぐらいだ」

掛川藩元徒目付の早川甲之進の顔は月之介も知っていて、まだ三十前のはずだった。

「そうですねえ、あそこの旦那さんは四十過ぎでしょうか」

「四十過ぎ……」

月之介は当ての外れた顔になり、

「商いはいつからやっている」

「確か、ここ二、三年ぐらいだと思いますけど」

ひとり旅籠を出て、月之介は女中に教えられた遠州屋へ行ってみた。

店はしまいかけていたが、表から覗くと、主らしき男が帳場にいて、番頭や奉公人に片づけを言いつけていた。

（違う、早川ではない）

不審を抱きながら店へ入って行った。

「ちと尋ねるが、早川甲之進という名に覚えはないか」

主は帳場から出てきて畏まると、

「早川様……はて、そんな人は存じ上げませんが」

四十過ぎの主が面食らった顔で答える。

「ふむ、それは困ったな」

「お人探しでございますか」

「この店に早川甲之進がいると聞いてきたのだ」

「そんなお武家様が、提灯屋なんぞをやってるはずも……」

「おまえはいつからここにいる」

「三年前でございますが」

「居抜きで買ったのか」

「左様でございます。わたくしは信州の方から移って参りまして、その時この店は履物を売っておりましたな」

「その主はどこへ行った」

「さあ、そこまでは……」

その日はそれで断念し、月之介は主に礼を言って店を出た。

三

翌朝になって、窓から宿場の通りを眺めていた猫千代が、「妙だなあ」とつぶやきながら部屋を出て行った。

月之介もそれで床を離れ、身支度を整えていると、湯から上がったお鶴が入ってきた。

浴衣《ゆかた》から覗くお鶴の肌がほんのり赤く染まり、月之介は一瞬目のやり場に困った。

お鶴は月之介に朝の挨拶をしたあと、

「朝湯に入れるなんて、旅の空だけですね、鎧様」

衝立《ついたて》の向こうで楽しげな声で言った。

「そうだな。おれもひとっ風呂浴びるとするか」

月之介が言う。

旅籠には数日の逗留を頼んであるから、のんびりとした朝だった。早川甲之進の行方をつかむまでは、旅立てないのだ。

そこへ情勢を探りに行った猫千代が戻ってきた。

「旦那、大変でござんすよ。いや、それほどでもないか。いやいや、やっぱり大変だ」

「どうした」

「宿場の連中が礼服を着て道を掃き清めてるんで、妙だと思って聞いたみたいんですよ。そうしたらなんと、これからお茶壺様のご一行がくるってんです」

「お茶壺様……」

月之介が眉間を険しくした。

「なんですか、そのお茶壺様って」

お鶴の問いに、月之介が説明する。

江戸の初め頃から、毎年新茶が出ると将軍家御用の茶として、山州宇治《さんしゅううじ》の茶師の許へそれを取りに行く習わしがあった。

それが五代綱吉《つなよし》の代になって、宇治からの途中、甲斐の谷村城の風穴に三日間茶壺ごと入れ、富士の冷風を受けさせると茶の味が格別よくなるという言い伝えができて、お茶壺道中は甲州街道の名物になった。

そうして宇治から大事に運ばれた茶が、江戸城富士見櫓《ふじみやぐら》に無事に納まるまでは、誰もが神経を尖らせることとなり、いつしか神聖な行事のようにまでなったのだ。

茶壺を立派な塗駕籠《ぬりかご》に乗せて一行は道中を進み、運悪くそこに出くわした大名は行列を止めて地に伏し、格別の敬意を払わねばならない。高々茶ごときに向かって土下座をするわけで、それはまるで元禄《げんろく》の御世におけるお犬様のようではないか。

このお茶壺道中を宰領するのはお数寄屋《すきや》坊主頭で、他に坊主衆二人、お先手組より十人の侍が出て、さらに大御番衆からも二人がしたがい、四人の駕籠舁き陸尺《ろくしゃく》を入れると総勢二十人余になる。

一行がくる前に先触れがあって、宿場では道を掃き清め、襟を正して迎える準備をせよとのお達しなのだ。

大名をも怖れさせるのだから、さぞ溜飲が下がるらしく、宰領の坊主や侍たちはしだいに増長を始め、無道横暴な所業が多くなって人々を悩ませているという。

お茶壺を駕籠に乗せて運ぶというのどかなその光景が、街道の風物詩どころか、今や悪弊だとの非難囂々《ごうごう》なのだ。

お鶴が衝立から現れ、義憤の目になって、

「んまあ、あたし、そういうの大嫌いです。人よりお茶壺の方が偉いなんて馬鹿げてますよ」

猫千代もその通りだと言ってうなずく。

「鎧様、表へ出ないようにしましょうね」

「ああ、見たくもないな。放っとけば通り過ぎて行くであろう」

「いえ、それがそうはいかなくなったんでござんすよ」

猫千代が言って、

「お茶壺様ご一行がお泊まりんなるのは、ここいらでは下諏訪《しもすわ》、金沢、台ケ原、韮崎《にらさき》と決まってるんですが、ついこの間韮崎で百姓たちの騒動がありまして、お茶壺様に間違いがあっちゃいけないと、急遽《きゅうきょ》甲府の本陣宿に泊まることになったらしいんです」

「それは迷惑な話ではないか」

月之介が憮然として言った。

不意に宿場の喧噪がなくなったので、三人が窓から覗くと、粛然《しゆくぜん》としてお茶壺の一行がやってきた。雰囲気はまるで大名行列だ。

往来にいた人々が一斉に土下座をした。

駕籠のなかがお茶壺だと思うと、まさにそれは噴飯ものであった。

「まずいぞ」

月之介がつぶやいた。

よちよち歩きの童が現れ、駕籠に向かって歩きだしたのだ。それが急に駆けだしたかと思うと駕籠めがけて突進し、はねとばされて転んだ。それでも童はけろっとしてけたけた笑っている。

一行がひたっと止まった。

武士たちが一斉に刀の鯉口を切った。

若い母親がとび出してきて童に被さるようにし、必死で詫びている。

月之介がそぼろ助広をつかみ取り、部屋をとび出して行った。

猫千代とお鶴が、息を呑んで見交わし合った。

四

童に被さった母親の周りを、一行が取り囲んでいた。

お数寄屋坊主頭の徳大寺宗菊《とくだいじそうぎく》、宰領頭潮田又七郎《うしおだまたしちろう》たちだ。

宗菊はでっぷり肥えた五十男で、丸坊主に継裃をつけたその顔には、権力を笠に着た傲慢《ごうまん》がありありと表れている。潮田は痩せて長身だが、分別盛りなのに短気らしく、憤怒の形相になっている。

「これ、母御よ、この行列をなんと心得おるかの」

宗菊が不気味な猫なで声で言う。掌中の雛鳥《ひなどり》をいたぶるかのような快感に、酔っているのだ。

母親は唇をわなわなと震わせながら、

「よ、よく存じております。うちの子がお駕籠にぶつかって大変ご無礼を致しました。未だ頑是《がんぜ》ない子供のしたことですから、どうかお許し下さいませ」

宗菊が人を食ったように目を丸くして、

「ほほう、これはまた異なことを。頑是ない子のしたことゆえ、なかったことにしてくれと申すのか」

「は、はい」

「ではお駕籠はどうなる。お茶壺様はどうなるのだ。われらの体面をどうしてくれる」

宗菊が急に居丈高になった。

「ですから、お詫びはいくえにも」

「潮田様、どうしましょう。こういう場合は斬っても突いてもよいことになっておるのですよ。将軍家お茶壺様を、うす汚い童に汚されたのですからな」

「うむ、母子共々成敗してやろう」

潮田がぎらりと抜刀し、剣先を向けながら母子に近づいた。

その時である。

音もなく寄ってきた月之介が潮田の利き腕を捉え、難なくひとひねりした。

「ぎゃっ」

あまりの痛みに潮田が叫びを上げ、とび退いた。

侍たちが殺気立って抜刀する。

月之介はそれらを睥睨《へいげい》し、動ずることもなく、宗菊を間近で見据えると、

「童の無礼など無礼にあらず、それは天衣無縫《てんいむほう》、無邪気というものであろう。この童は長じてあるいは天下を取るやも知れぬ。しかし茶壷はどうだ。将軍に飲まれてそれで終わりではないか。人と茶壷を秤《はかり》にかけてなんとする」

宗菊が激昂して、

「う、うぬっ、いったいなんだね、おまえさんは。われらお茶壷様に喧嘩を売るなんぞ、正気の沙汰じゃないよ」

「愚かな茶坊主風情が。見苦しいぞ」

「かあっ、こんな人は初めて会ったね。どうかしてるんだ。ただじゃおかないよ」

「どうするつもりだ」

月之介は冷笑だ。

潮田たちが刀を構えて近づくのを、宗菊は制しておき、腕っぷしに自信があるのか太い二の腕をまくり上げ、

「痩せ浪人の分際でふざけやがって。こうしてやる」

月之介に殴りかかってきた。

それを身軽に躱し、月之介の鉄拳が宗菊の顔面にもろに叩き込まれた。

宗菊が顔を押さえてうずくまると、その手の間から大量の鼻血が迸《ほとばし》り出た。

「うぎゃっ」

かっと怨みの目を上げる宗菊に、さらに月之介の蹴りが飛んだ。

無様に後ろ向きに倒れた宗菊が、ばたばたと地を這って、

「潮田様、やっちまって下さい。こいつを叩っ斬って下さいまし」

「おのれ」

潮田が刀を正眼に構え、侍たちも月之介に剣先を向けた。

まさに一触即発だ。

その時、双方の間に網代笠《あじろがさ》を目深に被った僧がすっと割って入った。

「殺生はなりませぬぞ。刀をお引きなされ」

女のようなか細い声だが、妙な威圧感があった。

潮田たちが戸惑い、たじろいだ。

宗菊が手拭いで鼻血を押さえ、よろよろと立ってくると、

「どちらの御坊でござりまするかな」

言葉を改めて言った。

「拙僧は近くの禅寺金剛寺の住職で、了厳《りょうげん》と申します。この地での諍《いさか》い、どう

かお慎み下され」

「そ、それは……」

「さっ、お行きなされるがよろしかろう」

宗菊と潮田は引っ込みのつかない顔で見交わし合っていたが、しかしこれ以上の悶着はさすがによくないと思ったのか、月之介を睨みつけたままで退いた。

やがて駕籠が出立して行く。

月之介はそれを見送り、僧の方へ背を向けたままで、

「御坊、どこかで聞いた声だな」

「はい」

僧が笠を上げると、そこに三十前の早川甲之進の顔があった。

五

金剛寺は宿外れの、平坦な山里にあった。

近くを笛吹川《ふえふきがわ》が滔々《とうとう》と流れている。

そこの庫裡で、月之介と早川は対座していた。

海江田や伊丹らとおなじく、掛川藩においては月之介の方が早川より身分は上

になる。

「罪滅ぼしだと言うのか」

月之介が言うと、早川は真摯な目でうなずき、

「はい。たとえ出家したとしても、われらの犯した罪が消えるとは思っておりませんが、それでもこうして原川村の方々の供養をつづけておりますと……」

そこで早川は瞑目《めいもく》して合掌してみせ、

「わたし自身が安らぎ、また多くの御霊も心落ち着くのではないかと」

「出家したのはいつのことだ」

「二年前です。この地へ流れてきて武士を捨て、初めは履物屋の商いをやっていたのですが、原川村での出来事が忘れられず、悩み抜いた末に得度《とくど》をすることにしたのです」

「それは奇特な心がけだな。おれも安心したぞ」

「はい。わたしも木暮殿に会えて嬉しゅうございます」

「しかしここに解せないことがある」

「なんでしょう」

「これだ」

ふところからずっしり重い百両の金包みを取り出し、

「佐治平から今際の際にお主に渡してくれと託された。これはなんの金なのだ。脱藩したお主がどうしてこんな大金を持っていた」

「……」

「どうした」

うつむいた早川の顔を、月之介が覗き込むようにした。

早川は押し黙り、深いもの思いに耽《ふけ》っている。

「何かいわくのある金なのか」

「いえ、そういう筋合いではありません。この百両はわたしが脱藩に際し、父が持たせてくれたものなのです。親類を駆けめぐって掻き集めてくれました。佐治平とは小田原に少しの間一緒にいたことがあり、請負師の仕事で金が要ると言われて用立てました。あの頃はわたしも渡世のめどが立たず、ゆきはぐれている時でした。この金が役に立って、佐治平に浮かぶ瀬があるならと思ったのです。しかしまさかこうして返してくるとは、佐治平の奴、存外に律儀者なのだなと、今つくづくそのことを……」

「そうか。では心置きなく納めてくれ」

「はい」

早川は金包みを脇へ押しやると、

「木暮殿、先ほどの話ですが、鳥居新六郎の妹御がわたしの命を狙ってくると」

「うむ、くるであろうな。いや、もう宿場に入っているかも知れん。襲ってきたらどうする」

「討たれるつもりです」

きっぱり言う早川に、月之介が真顔を据えて、

「本心で言っているのか」

「偽りではありません」

月之介がざらざらとした無精髭《ぶしょうひげ》を撫でて、

「……弱ったな」

「何か」

「そうとわかったら、むざむざお主を討たせるわけにはゆくまい」

「いいえ、それでよいのです。鳥居新六郎の無念、妹御の怒りを思うと、わたしは身も細る思いです。木暮殿には手出し無用に願います」

「ふむ、そうか」

「今日はゆっくりしていって下さい。積もる話を致しましょう」

「いや、そうもしていられん。おれには連れがいてな、首を長くして待っている」

「ではその方々もここへ」

「いやいや、そういうわけにはいかん。神聖な禅寺を汚すような輩《やから》なのだ。甲府を発つ時にまた立ち寄るぞ」

「はい、ではお待ちしております」

早川に送られて外へ出ると、そこに二人の僧が並んで立ち、こっちを見ていた。

いずれもいかつい荒法師のようで、月之介は威圧されるものを感じた。

「わたしとおなじ修行に励む者たちです」

早川が一人を快円《かいえん》、もう一人を恕水《じょすい》だと言って引き合わせた。

快円と恕水がやさしげな笑みで一礼する。

月之介は二人に会釈だけ返し、そうして寺を後にした。

しかし——。

月之介の胸中に、あるひそかな疑念が生じていた。

（臭いな）

心のなかでつぶやいた。

六

松田屋へ戻ってくると、店先に佇《たたず》んでいたお鶴が駆け寄ってきた。

「あっ、鎧様。心配してたんですよ、どこまで行ってたんですか」

「ああ」

「あのお坊さんはお知り合いみたいでしたけど」

「あれはな、出家した早川甲之進であった」

「ええっ」

「その話は後だ。おまえこそこんな所で何をしている」

「鎧様にお客様なんです。今、猫千代さんが相手をしてくれてますけど」

「客とは誰だ」

「ほら、例の、麦屋にいた女中さんですよ」

「……」

取り澄ました様子のお悦の前に、猫千代が茶を差し出した。

お悦はすっかり身装がよくなり、絹の着物を着て化粧も施し、女将の貫禄たっぷりで見違えるようだ。

しかも麝香の匂いまで強くさせて、猫千代は鼻を曲げたい思いである。

「遅いですねえ、木暮様は」

「はい、まあ……ちょっと散策に出てましてね、追っつけ戻ると思いますけど」

「あたしが突然訪ねてきたと聞いたら、すたこら逃げだすかも知れませんね」

猫千代がむっとして、

「逃げだすなんて、そんな……うちの旦那は敵に後ろを見せるような人では」

「敵じゃありませんよ、あたしは。木暮様と仲良くやっていこうと、その話し合いにきたんですから」

「仲良くする必要があるんですか」

「ありますとも。けどお供のおまえさんには関わりのない話です」

「お供？」

「だって下男なんでしょ、あんた」

「そう見えますか」

「見えますよ。それらしい顔をしてるじゃありませんか」

猫千代が腐って、

「あのね、麦屋の女中さん」

お悦がきりりと眉をつり上げ、

「ちょいと下男さん、言っときますけどあたしはもう女中じゃないんですよ。この身装をご覧なさい。嫌だわ、そんなこともわからないのかしら。誰が見たって
――」

「女中さんですよ。どう見たってそれらしい顔をしてるじゃありませんか。下男の目は正しいんです」

猫千代が逆襲した。

「んまあ……」

お悦が憤然となって猫千代を睨むところへ、月之介がのっそり入ってきた。

「あ、これは木暮様、お待ちしておりましたのよ」

その節はどうもと言い、お悦が馴れぬ三つ指を突く。

月之介が無言でお悦の前に座ると、猫千代はやれ助かったとなり、「お後がよろしいようで」と言って出て行った。

「よくここがわかったな」

「探すの、大変でした」

「なんの用だ」

木で鼻を括ったような月之介の態度だ。

お悦がすっと膝を進めて、

「あたし、あれから旦さんのとむらいを立派に出しましてね、麦屋を継ぎましたのよ。今では女将をやってるんです」

そう言った後、声をひそめて、

「うちの旦さんを斬ったあの娘、どうしましたか」

「知らんな」

月之介がぶっきら棒に言い、

「佐治平は斬り殺されたのだ。小田原藩は詮議はしているのか」

「さあ、どうなんでしょう」

お悦は関心のない様子でそう言い、得意満面になって、

「やってみましたら請負の仕事はそれはあたしに合ってましてね、この通り水を得た魚になりましたの」

ほほほ、と笑った。

「用件を早く言ったらどうだ」

するとお悦が欲深な目になり、

「ほかでもありません。箱根の宿で旦さんがそちらにお渡しした百両、返して貰えませんか。うちもいろいろと物入りで、あれがあるととても助かるんですよ。まだ持ってますよね」

「もうないぞ」

お悦が息を呑んで、

「使っちまったんですか」

「早川甲之進に出会うことが叶《かな》い、佐治平に言われた通りに渡してきた」

「その人はどこにいますか」

「言えんな、それは」

「どうしてですか、あの百両は元々麦屋のものなんですよ」

「わけのある金ゆえに、佐治平はおれに託した。おれもそれを引き受けた。おまえの立場でとやかく言うべきではあるまい」

「ほ、本当に早川甲之進という人はいたんですね。嘘じゃないんですね」

「疑うのは勝手だが、おれは嘘はつかん。武士の義によって、この件はもうかたがついたのだ。諦めろ」

「そ、そうですか。余計な口出しをしてすみませんでした」

「帰るのか」

「へえ、もう用は済みましたんで」

失礼しましたと言い、お悦は急に素っ気なくなり、そそくさと出て行った。

「ふん」

鼻を鳴らし、月之介が苦笑する。

そこへ猫千代とお鶴が入ってきた。

「聞いてましたよ、旦那。まあ、あの女ときたら欲の皮がつっぱっちまって、鼻持ちなりませんね」

猫千代が言えば、お鶴も同感で、

「あたしのことなんて見下しなんですよ、いったい何様だと思ってるのかしら」

「おまえたちに頼みたいことができた」

月之介の言葉に、二人が膝を乗り出す。

「お鶴、おまえは麝香様とやらのことを調べてみてくれんか」

「正体のわからない悪党のことですね」

「そのことが気になり始めた」

「ちょっと待って下さいよ」

猫千代が変な顔で割って入り、

「旦那、今のお悦って女も、麝香の匂いをさせてましたけど」

「あれは除外してよかろう。成り上がったとたんに、ああいう手合いはいい匂いをさせたがるものだ」

それから月之介は猫千代に、あることを頼んだ。

その話の内容から、お鶴の表情にみるみる緊張が浮かんだ。

「わかりました、しっかり調べてみますよ」

猫千代が承諾した。

七

「百両はないと言うのか」

矢車東吾がお悦に向かって目を剝いた。

そこは二人が逗留している、甲府一の大旅籠の一室である。

「そうなんだよ。早川甲之進本人に会って、もう渡しちまったと言うのさ」

「それでおまえは、はいそうですかとおめおめ引き下がってきたのか」

「向こうがそう言ってるものはしょうがないじゃないか」

「聞いたのか、早川がどこにいるか」

「それは言えないとさ。まったくあの木暮って素浪人、やり難いったらありゃしない」

「あんな奴は、おいおいおれがこの手でひねり殺してやる」

「でもそれが本当だとしたら、早川を探さなくちゃいけないよ。探し出して百両ぶん取ってさ、ばっさりやっておくれよ」

矢車は表情を歪めてうなずき、

「しかしどうやって早川を探す。遠州屋へ行ってみたが代が替わっており、奴の行方はわからなかったのだぞ」

お悦がじりじりと苛立つように、

「何か手立てはあるはずさ。おまえさんも少し知恵を働かせておくれよ。大事な百両のためじゃないか」

「ああ、それはそうだが……」

矢車が考えていたが、

「よし、おれはこのまま聞き込みをつづけ、早川を探す」

「あたしは」

「木暮と連れの二人が、この宿場へ入ってからの足取りをおまえは辿ってみろ。木暮が早川に会ったと言うのなら、どこかでそれらしき奴と触れ合っているはずだからな」

「わかった、そうしよう」

不意にお悦は矢車にしどけなくもたれかかって、

「頼りになるねえ、あんたってえ人は。一緒に組んでよかったよ」

「おれもおまえと組んでからというもの、ひもじい思いをせずに済むようになった。うまいものは食えるし、酒も飲み放題だ」

「それだけかえ」

「なんだ」

「あたしさ」

「むろんおまえが第一に決まっておろうが。わしらはもちつもたれつというところだな」

「あい」

「どうだ、この先もおれとつづけるか」

「もちろんだよ。もうあんたなしじゃ生きてかれないよ」

矢車の首っ玉にかじりつきながら、だがお悦の目は何を考えているのか、白々と醒めていた。

八

松田屋を出たところで、背中に強い視線を感じた。

その視線には既視感があった。

月之介はある予感を持って歩を進め、不意に店屋の角を曲がった。

追ってきた小夜が路地を覗くと、月之介の姿は消えていた。焦って路地を突き進み、左右を見廻していると、小夜の背後に月之介が立った。

「おれを尾けてどうする」

「……」

小夜は唇を引き結び、無言だ。その面影にどこかやつれが見えた。

「見つけ出したか、早川甲之進を」

「……」

小夜が否定の目を上げた。それはこれまでにない弱々しいものだった。労苦に押し潰されそうな哀れさが見えた。

「おれはすでに会ったぞ」

それを聞いて、つっと小夜が前へ出た。

「どこにいた」

「おれが教えると思うか」

「……」

「おのれで探すのだな。これまでもそうしてきたではないか」

月之介が突き放し、踵を返した。

しかし小夜は追ってこなかった。

少し行ってふり向くと、小夜は路傍にしゃがみ込み、手拭いで口許を塞いで、喘《あえ》ぐように苦しそうな息をしていた。

そこへ戻り、小夜の様子を見た月之介がかっと目を開けた。

小夜の手拭いに喀血《かっけつ》が見えたのだ。

「おまえ、いつからそんな躰に……」

愕然とした月之介の声だ。

小夜は顔を上げず、下を向いたままで、

「天罰なのよ。何人もの人を手に掛けてきたんだから、当然の報いだと思っている。同情なんていらないよ」

「医者だ」

月之介が無理につかんで立たせようとすると、小夜はその手を払いのけて烈しく拒み、

「放っといて。まだ仇討は終わってない。早川甲之進をどうしても討たねば」

「その躰で探し廻るつもりか」

「だったら教えて。わたしを哀れと思うのなら、早川の居場所を教えて」

「……」

頼んでも無駄なことがわかると、

「ふん、いいわ。虫のいいお願いよね。自分で探す」

そう言って行きかける小夜を、月之介が捉えた。

間近で二人の視線が重なった。

痩せ細った小夜の貌《かお》は美しかった。

「教えてやろう」

「……」

「早川甲之進は得度し、宿外れの金剛寺という寺の住職になっていた。僧名は了厳だ」

「……」

「早川は前非を悔い、仏門に帰依《きえ》して、おまえの兄を始め、原川村の者たちの供養に身を捧げている」

「……」

「出家した人間を、それでもおまえは斬れるのか」

「きっと逃げ込んだのよ、仏門に」

「では斬りに行くがよい。嘘か真かわからんが、早川はおまえに討たれるつもりだと言っていた」

「討たれると……」

月之介がうなずき、

「おまえは果たせぬ怨みを晴らさんと、火焔《かえん》地獄のなかにいる。たとえ今、早川を討ったところでおまえの地獄は終わるまい。またおまえは、蟻《あり》地獄のなかにもいるのだ。それだけの業を背負って、この先も生きてゆけるのか」

「長くはない」

「なに」

「どうせこんな命……」

月之介が失笑した。

「そういう捨て鉢になるところは、まだ若いな。考え方を変えてみろ。怨み晴らしなど忘れて、どこかへ飛び立ったらどうだ」

「どこかへ……」

「飛び立つのだ」

「できない。わたしには使命がある」

「そんなものはくそっくらえだ」

「じゃあ、無念の思いで死んだ人たちはどうなるの」

「どうにもならん。あえなくもこの世から消えたのだ。しかしおまえは生きている。別の道を行くのだ」

言い捨て、月之介が身をひるがえした。そのまま、後をも見ずに大通りへ向かって行った。

小夜は混乱し、めくるめくような情念のなかに、身を震わせるようにして立ち尽くしていた。

「別の道を行くのだ」

月之介の言葉がよみがえり、泣き叫びそうになった。心のなかのつっかえ棒が、取り外されてしまったような気がした。

「……」

烈しく懊悩《おうのう》する小夜の耳に、大通りの方からただならぬ騒ぎが聞こえてきた。

九

月之介に向け、無数の十手と六尺棒が突き出されていた。

それは甲斐代官所石和陣屋《いさわじんや》の面々で、元締の山田只七《やまだただしち》を筆頭に手附、手代らと中間《ちゅうげん》ら、総勢二十人余の陣容である。

往来が黒山の人だかりになっている。

山田が月之介をはったと睨み据え、

「われら石和陣屋の者である。神妙に同道致せ」

「なんの科《とが》だ」

「その方、恐れ多くも将軍家お茶壺様にご無礼を働いたであろう」

「茶壺にどうやって無礼を働くのだ」

「黙れ。その折、お数寄屋坊主頭徳大寺宗菊殿に乱暴も致したな」

「くそ坊主がそう言っているのか」

「おのれい。お茶壺様のご使者殿に、なんということを」

二十人余が殺気立って月之介に迫った。

野次馬たちが息を呑む。

「ふん、馬鹿ばかしい」

月之介が不敵な笑みで歩きだすと、その前に徳大寺宗菊と潮田又七郎がどこからか現れて立ち塞がった。

月之介がその二人を睨み、

「貴様らの差し金か」

「当然ではないか。将軍家に弓引く無頼漢めが。おまえなんぞはお代官所でばっさり打ち首になるがいいんだ。ざまあみろ」

宗菊が憎々しく言い放った。

さらに潮田が怨念の目で、

「せめて往生際はよくしろ、この極悪人が」

決めつけた。

そして宗菊が山田らを鼓舞《こぶ》するように、

「さあ、何をなされておるのじゃ。この大罪人をひっ捕えなされ」

「あ、相わかった。その方、手向かいは許さぬぞ」

山田は及び腰だ。

月之介は無言のまま、不気味な様子で一同を見廻していたが、やがてそぼろ助広を鞘ごと抜き、山田に手渡した。

ここで大捕物などになり、宿場を騒ぎに巻き込むのは本意ではなかった。

「よし、殊勝であるな」

山田にうながされ、手附たちが月之介に群がって縄を打った。

宗菊が手を叩き、満悦の面持ちで、

「やれ、これで溜飲が下がったわ。わかったか。お茶壺様に無礼を働くとこういうことになるのだ」

そう言い、野次馬たちへ大声で、

「おまえたちも肝に銘ずるがよいぞ」

騒いでいた野次馬たちが一斉に鎮まった。

そのなかを、縛られた月之介が引っ立てられて行く。

路地の陰から見ていた小夜は、血が滲むほどに唇を噛みしめていた。

事態はおおよそ察しがついた。

権力を笠に着た愚か者が、月之介に意趣返しをしたのだ。

（あの人を助けなければ……）

一途にそのことを考えていた。

復讐に凝り固まっていた小夜の心を、今の今、開いてくれた男だった。

また月之介は、生きて行く意味をも示唆《しさ》してくれたではないか。だから地獄から救ってくれた人のような気もしていた。

「別の道を行くのだ」

その言葉は、降り注ぐ一条の輝く光にも思えた。

（どうしても、あの人を）

小夜は純に、一途に思い詰めた。

十

探索に出ていた猫千代とお鶴は、松田屋へ帰ってくるなり、月之介捕縛の報を女中から聞かされて恐慌をきたした。

それから二人して部屋に閉じ籠もり、あまりのことに言葉も出ないでいる。

長い沈黙がつづいていた。

「どうしよう……」

猫千代の口から、おろおろとした声が漏れた。

「黙ってて、猫千代さん」

お鶴は怕い顔になり、深刻に考え込んでいる。

「……けど、なんだってこんなことに」

また途方に暮れた猫千代の声だ。

「決まってますよ、あのお数寄屋坊主の差し金です」

「そうだろうけど、旦那が代官所のお牢のなかにいたんじゃ、いくらなんでも助け出せないよね」

「でも何か手があるはずだわ、何か……だって悪いのは向こうの方でしょ」

「通じないよ、そんなの」

お鶴がぱんと手を叩き、

「牢破りは」

「したことない」

「やれるかしら」

「あのね、お鶴ちゃん。自分の立場をわきまえて。江戸の十手持ちが田舎で牢破りしてどうするの」

「あ、そっか」

「旦那は切り抜ける名人だよ、今までもそうだった。けろっとして出てきますよ」

「相変わらず能天気ねえ、今度ばかりは無理だわ」

「だったらさ、本陣へ忍び込んでくそ坊主を脅すってのはどう」

「できるの、猫千代さんに」

「……できないね」

「そのくそ坊主にお願いしても駄目かしら」

「甘いよ、あの顔見たろう。意地悪そうでさあ、去年死んだひき蛙みたいだったもの。不幸だよねえ、あんな顔に生まれて」

「ああっ、困ったなあ」

絶望的な状況にお鶴が頭を抱え込んだ。

その時、唐紙の外から「ちょっと」と呼ぶ男の声がし、猫千代が「はい」と答えて廊下へ出て行った。

思案投げ首のお鶴は、思い余って泪が出そうだ。

猫千代が戻ってきて、仏頂面で荷造りを始めた。

「どうしたの」

「聞かないで」

「何してるのよ、猫千代さん。まだここにいるわよ」

「出てってくれって」

「ええっ」

「罪人の連れだから、置いとくわけにいかないんだと」

「何言ってるの、罪人なんかじゃないのよ、鎧様は。手討ちになりそうな宿場の子供を救ったのよ。それはみんなが見てたじゃない」

お鶴が叫んだ。

「だから宿代はいらないとさ」

「そういう問題じゃないでしょ。あたしたちを叩き出してどうするのよ」

「まっ、世間なんてこんなもんだよ。何かあるとすぐ手のひら返すからね。あたしなんかどれだけそういう目に遭ってきたか」

「納得できません」

「いいよ、ほかへ行くから」

「ほかもおなじよ、きっと泊めてくれる所なんてありゃしないわ」

「まさかなあ、あそこへ行くわけにも……」

「例の、あそこのこと？」

「そう、お寺ならいいと思って」

「どうだった、調べてみて」

「ごくふつうの禅寺だよ。坊さんが三人いてね、どの人が早川って人かわからないけど、どこも怪しい節はないんだ。まっ、ひとつふたつはあるけど。旦那がなんで調べろって言ったのか、さっぱりわからない」

「ふうん」

「そっちはどう？」

「雲をつかむような話だわ、麝香様は。山奥のお爺さんが言ったみたいに、影も形もないんだもの。やりようがないわね」

「何もわからなかったの」

「何もないことはないけど、それも鎧様がいなくてはなんにもならない」

「おいらじゃ話にならないもんね」

「そうよ。あっ、ご免なさい」

「いいの、いつものことだから。そろそろ出ようか」

「どこへ行くつもり」

「寒いだろうね、表で寝るのって」

「あら、桜の蕾《つぼみ》が膨らんでましたけど」

「そういう問題じゃないでしょ、この馬鹿娘が」

「くわっ」

十一

金剛寺は深い闇の底に沈んでいた。

そこへ忍び寄る二つの影があった。お悦と矢車である。

金剛寺を見つけたのはお悦の手柄だった。

月之介たちの足取りを辿って聞き込みを重ねるうち、お茶壷道中の一行と月之介との悶着を知るところとなり、そこで騒ぎを仲裁した了厳の名が浮かび上がった。

その了厳こそが早川甲之進であろうと、お悦から聞いた矢車が推測した。そして了厳の身辺を調べるうち、元は宿場で履物屋をやっていたことがわかり、こうして確信を得たのである。

「大丈夫かえ、おまえさん。なかにゃ坊主が三人いるんだよ」

「はん、坊主が怕くてらっきょうが食えるものか」

「よくわからないけど、昔から坊主を殺すと七代祟《たた》るっていわれてるからね」

「知るものか。口封じに皆殺しにして、百両をぶん取ってやる。おまえはここで待っていろ」

「あいよ。本当に頼もしいねえ、あんたってえ人は」

お悦が矢車の首っ玉に抱きついた。

矢車がうるさそうにそれをふりほどき、

「では首尾を祈っていろ」

ぎらりと抜刀し、その白刃を肩に担いで矢車は寺へ向かった。

お悦はぞくぞくする思いを噛みしめ、帯の間から金米糖《こんぺいとう》の入った小袋を取り出し、なかからそれをつまんでぽりぽりと食べ始めた。

「うふ、うふふ」

何を思ってか、笑いがこぼれ出た。

がさっ。

草を踏む音がした。

ぎょっとなってお悦がふり返ると、そこに早川甲之進こと、了厳が立っていた。

墨染の衣は闇に溶けている。

「女、何をしている」

「あっ、いえ、あたしはそのう……」

「何者だ」

早川の冷厳なその目は、月之介に見せたものとは違う別人のようだ。

お悦が青褪め、背筋が寒くなり、ぱっと立って後ずさった。ひたひたと、危険の迫っている気がした。

「おまえさん、誰なんですか」

「拙僧は了厳」

「ああ、早川甲之進様」

早川が目を開き、

「なぜそれを」

「やっぱりそうだったんですね。あたしは小田原の佐治平旦那の女房なんです」

「佐治平の？」

疑わしい目でお悦を見て、

「奴は女房は持たぬと言っていた」

「そんなことありませんよ。あたしと佐治平旦那とはちゃんと言い交わしたんです。旦さんが死んだ後は、このあたしが麦屋を切り盛りしてるんです」

「それがなぜここにいる」

「いえ、それはですね……つまり百両を返して貰いたくって」

「この業突張《ごうつくば》りめ」

「何を言ってるんですか、あの金は元々麦屋のものなんですよ」

「それを取り戻したくて、わざわざこんな夜更けにきたというのか」

「か、返して下さいな。あたし、困ってるんですから」

「ふざけるな。あの百両は元よりわしのものなのだ」

「そんなこと言うんなら、訴え出ますよ」

「訴える？」

早川の形相が険悪に歪んだ。

「い、いえ、事を荒立てるつもりはないんですけどね。そちらがどうしてもって言うんなら、こっちにも覚悟が」

その時、「ぎゃっ」と言う男の絶叫が聞こえた。それは明らかに矢車のものだ。

それを聞いたお悦が、震え上がった。

早川が不気味な笑みになる。

じりっとお悦に迫った。

「何するんですか、金なら要りませんよ。諦めて帰りますから」

お悦がすばやく身をひるがえした。草に足を取られ、こけつまろびつの足取りだ。

早川が猛然と追って躍りかかり、お悦を抱くようにして草むらに倒れ込んだ。

「嫌っ、よして。もうしませんから」

喚《わめ》き立てるお悦を組み敷き、馬乗りになるや、早川は渾身《こんしん》の力でぐいぐいと首を絞めつけた。

「ああっ、ぐわっ」

お悦が凄まじい唸り声を上げ、手をつっぱね、足をばたつかせて抵抗する。

早川は手を弛めず、憎悪の目で執拗に絞めつづけた。

やがてお悦がばたっと動かなくなった。

早川が荒い息遣いで立ち上がった。

その背後に、錫杖《しやくじよう》を手にした快円と恕水が立った。

「おかしら、向こうは済みましたぞ」

快円が抑揚のない声で言った。

「ご苦労」

早川の首筋の汗を、恕水が手拭いで拭い取り、

「久しぶりでございますな、女を殺すのは」

「ああ、そうだな。なんだか気持ちが恥ずかしいくらいに昂ったよ。やはり人殺しはいいものだ」

「ええ、真に。これは病みつきになります。もっと殺したくなりますな」

「そうだ。病みつきだ。たまらないよ」

それから三人は、合唱でもするかのように声を揃えて含み笑いをした。

十二

燃えるような緋色のなかに、白い花弁が可憐に散らされていた。

そんな娘らしい華やかな小袖を着るのは、生まれて初めてだった。そして帯は金襴緞子《きんらんどんす》の鉢の木だ。

宿場の髪結床の奥を借り、そこで小夜は艶やかに変身していた。だが表は艶やかでも、心は凍えていた。

病身に鞭打《むちう》ち、湯浴みを済ませ、まるで何かの儀式に臨むかのようにして、やつれを隠して装った。髷は最初に女将が娘島田に結ってくれた。

鏡台の前に座り、化粧を施す。

そこにあるのは若い娘の顔ではなく、修羅の血の雨を浴びた鬼女のそれだった。

隠さなければいけない。

牙《きば》を隠し、心を鎮め、消し去っていた女を引き戻し、一匹の雌《めす》になるのだ。

唇に紅を差した時、図らずも泪がこぼれ出た。

すべてのものへの訣別だった。

兄や原川村の人たちや、なつかしい故里の風景との訣れなのだ。

もう白刃は抜かないと決めていた。

小夜は生娘だった。

それがあの人のために、女になる。いや、そうではなく、女を散らせるのだ。

全身全霊をかけて、あの人を救わねばならない。

人の道を説いてくれたのは、兄に次いであの人が二人目だった。人の道を知らぬはずはなかったが、あの人に改めて言われて目が醒めた。教えられずに死ぬよりも、知らされてよかったと思った。

美しく装い、女を取り戻した。

しかし鏡のなかの小夜の顔は、暗く寂しくて、魂が消えたようだった。これではいけない。ひきつった表情に、無理に笑みを作ってみた。だが余計に寂しい顔になった。

「まあまあ、おきれいでございますよ」

女将が入ってきて、小夜を褒《ほ》めそやした。

小夜は少し笑ってみせ、「そうですか」と言った。

女将に立たされ、着付けを直され、また鏡を見ながら、早く心を持たない人形にならねばと思った。

肌身離さず身につけていた有り金を、女将にはたいた。そんな金であの人が救えるのなら、安いものだと思った。

小夜の頭には、月之介のことしかないのである。

髪結床を出て通りを歩き始めると、道行く人たちがふり返った。ひそひそと囁かれている。

嬉しかった。

少しはまともな娘に見られているのだ。

そうして小夜は、本陣宿の方へ向かった。

その時にはもう、何もかもが吹っ切れていた。

十三

のどかな山里で死体が二つも発見され、朝から大騒ぎになっていた。

石和陣屋の元締山田只七が出張り、手附、手代たちを差配して検屍に当たっている。

筵をかけた骸二つの、一つの顔がはみ出ており、それを垣間見た猫千代とお鶴が怖気《おぞけ》をふるった。

「あたし、あの人見たことあります」

お鶴が囁くのへ、猫千代もうなずいて、

「ああ、おいらも知ってるよ。確か麦屋の女中だった人だ。あまり品のよくない人だったけど」

「いったいどうして……ううん、それより小田原の人がなんでこんな所で」

「あそこを見てご覧」

猫千代が向こうに見える金剛寺の山門をこなし、

「例のあの寺だ。こいつぁ何かあそこと関わりあるのかな」

「そうね、そう言われれば変だわ。お寺の前で殺されたみたい」

「ちょっと待ってな」

猫千代が山田のそばへ揉み手で寄って行くと、

「旦那、昨日宿場でとっ捕まった浪人者、どうしていますか」

月之介のことをさり気なく聞いた。

山田が警戒の目になって、

「なに、おまえは何者だ」

「いえいえ、単なる野次馬です。昨日の騒ぎを見てたもんですから、それで気になりましてね」

猫千代の練れた人柄に、山田はすぐに安心して、

「あ奴ならお牢でおとなしくしておるぞ。朝飯もきれいに平らげての、悪びれた様子はみじんもない」

「いつまで留め置かれるんでしょうか」

「何を申すか。あの者は打ち首に決まっておる。将軍家お茶壺様に無礼を働いて、ただで済む道理があるまい。お代官が江戸よりお戻りになられたら、すぐさま仕置きだ」

「……」

「なんだ、不服なのか」

「だってお茶壺様にしょんべんひっかけたわけじゃあるまいし、ちいせえ子供を助けようとしただけなんですよ」

「そんなことはわかっておる。したがこれは徳大寺殿のお達しなのだ。逆らうわけにはゆかん」

「お数寄屋坊主が罪を決めるんですか」

「何事も将軍家のご威光だ。わしらがとやかく申すことではない」

「そんなもんですかねぇ」

「おまえ、野次馬ならこの二つの仏のことを何か知らんか。殺されたのは昨夜のようなのだ」

「野次馬はね、夜はお休みなんです」

山田のそばを離れ、猫千代はお鶴をうながしてその場を離れながら、

「旦那、元気だって」

「聞いてました」

「代官が帰ってきたら、打ち首にされるらしい」

「そんなことさせません」

「牢破りしか手はないようだ」

「猫千代さんが頼りです」

「やめてよ、頼られると困っちゃうから」

「それより猫千代さん、話のつき合わせをしませんか」

「えっ」

「麝香様と金剛寺です。ゆうべそれを話そうとしたら、猫千代さんたらことんと

寝ちまったじゃありませんか」

「儲けもんだったよね、空家に布団があったなんて」

「しかもちゃんとふた組もあって。ひと組だったらおかしなことになってましたよねえ」

「あははは、おいらの場合はそういう心配いらないの。女の好みがとてもうるさい人だからね」

お鶴は少しむっとするが、

「そうでしょうけど、これでも一応嫁入り前の身ですから」

「そうだったね。さあてと、どっかでうまいもんでも食いながら話を詰めようか」

「天ぷら蕎麦《そば》がいいです」

「なはっ、ここは江戸じゃないっつうの」

十四

街道の茶店の床几に並んでかけ、猫千代とお鶴が蕎麦を啜《すす》りながら、

「どうしてこの蕎麦、なんにも入ってないんだろう。あっ、椎茸《しいたけ》が丸々二つ。な

んだ、おいらの目ん玉か」

「おいしいですか、猫千代さん」

「背に腹で食べてんの」

「早く江戸に帰りたいなあ」

「そのためには、厄介な問題を片づけないとね」

「本当に厄介ですよ、麝香様って」

「どうなの、聞かせてよ」

「この辺りの物持ちや分限者は、毎月幾らっておあしを麝香様に差し出してるようなんです。わかったのはそこまでで、後はまったくいけません」

「おあしを取り上げる名目は」

「それが教えてくれないんですよ。麝香様のこと聞くと、みんな顔色変えるんです」

「どうやって金を差し出すのよ。金集めする奴がいるわけ？　だったらそいつを辿っていけば」

「ところがそこのところがよくわからないんです。みんな口を閉じちまうんですよ。きっと固く口止めされてるんでしょうね」

「一人ぐらい代官所に訴える人はいないのかね」

「無駄みたいですよ、そういうことしても。それがわかると、ひどい目に遭うらしいんです」

「どんな？」

「夜道で襲われたり、家族が何者かに乱暴されたり。付け火騒ぎもあったみたいです」

「顔は見てないの」

「頭巾をしているとか」

「何、それって強盗と変わらないじゃない」

「だから村人たちはみんな怯えてるんです」

「わかるよ。村人ってな、おいらなんかと違って内に籠もるでしょ。そういうこと、あんまり言いたがらないんだろうね」

「それにつけ込んで、麝香様はやりたい放題なんです」

「土地のやくざ者がやってるんじゃないの」

「そういうのともちょっと違うみたいです」

「そうだろうね、その話だとやくざ者のやり方じゃないね。奴らだったら、もっと馬鹿だから表からくるでしょう。それですぐ捕まったりして。もう馬鹿丸出し。底が浅いんだから」

　猫千代が愉快そうに笑う。

「金剛寺の方はどうなんですか」

「寺にいる坊さんは了厳、快円、恕水って言って、了厳てのが早川甲之進だと旦那に教えられたけど、顔がわかんない。この三人で切り盛りしててね、ごくふつうの禅寺なんだけど、ちょっと変なのは檀家を持ってないってこと」

「だったら御布施《おふせ》が集まりませんよね。どうやって食べてるのかしら、お坊さんたち。でもお墓だってちゃんと裏にありましたよ」

「あれはみんな空なんだって。檀家衆が引き上げちまったらしいよ。なんか寺と揉め事があったんだろうね」

「それって、もっと調べた方がよくありませんか」

「そのつもりでいたら、旦那が捕まっちまったからさ。ああ、もう、やることがいっぱいあって頭んなか変になりそう」

「まずは鎧様をなんとかしないと」

「またそこへ戻るんだね」

「あたしたちって、おなじ所をぐるぐる廻ってるだけみたい」

「けど道を切り開かないと」

そこで二人は声を揃え、「ああ、どうしよう」と嘆き声を上げた。

十五

甲府宿本陣の冠木門《かぶきもん》に、「将軍家御茶壺様御一行」と書かれた看板が立てられ、その格式を示威せしめている。

屋舎は平屋で無数の部屋に分かれ、徳大寺宗菊はそのなかでも最上級の上段の間に起居している。

上段の間は十帖あり、正面に床の間があって附書院である。高さ六寸の框によ る上段構え、次いで次の間、三の間があり、襖絵《ふすまえ》は渋くて荘厳な山水画が描かれている。

そんな立派な部屋にふさわしくなく、徳大寺宗菊は品性下劣な男だから、何もすることのない昼下りの今は、下々のくだらない読本に読み耽っている。猥褻《わいせつ》な描写になると好色な目をくりくりと動かし、似つかわしくない妙な溜息を吐いたりしている。若くもないのに女体を思い描き、むらむらとした様子だ。

そこへ坊主衆の一人が来客を告げにきた。

「宗菊様、見たこともない娘が参り、宗菊様にお会いしたいと申しておりますが」

「なに、娘？　土地の者か」

「さあ、わかりません」

「どうせ肥溜め臭い田舎娘であろうが」

「いえ、それが鄙《ひな》には稀《まれ》な美形なのでございますよ」

「美形とな？　して、その者はなんと申しておる。わしになんの用なのじゃ」

「用件を何度聞いても、宗菊様ご本人にしか申せぬと」

「……」

「どう致しましょう。お断りした方がよろしいですな」

「い、いや、待て、そう事を急ぐものではない。会おう、ここへ通せ」

「はっ」

取り次ぎの坊主が去り、宗菊は胸躍らせるようにして娘を待った。

美形の娘と聞いて、読んでいる読本の猥褻描写が頭のなかを駆けめぐる。

将軍の使者という権力を持たされている宗菊にとって、叶わぬものは何ひとつないのである。お数寄屋坊主頭の定員は三人だが、このお役を持たされて本当に自分は果報者だと思っている。

年に一度、宇治へ茶を取りに行くだけで、その往復で莫大な裏金がふところに入る。土地の名主や物持ちからの献上金だ。だから禄高は百五十俵だが、裏金の方が扶持を上廻っているのだ。江戸では土地を買い漁り、それを転売して大儲けをしている。今年で三年目になるが、宗菊は死ぬまでこのお役をつづけていたいと念じている。これまで街道筋で随分と非道を重ねてきたが、悪いと思ったことはただの一度もなかった。

小夜が静々と入ってきて、宗菊の前に畏まり、三つ指を突いた。

小夜をひと目見ただけで、宗菊は背筋がぞくぞくとした。たちまち戦意が高揚するのを覚えた。

「これ、苦しゅうないぞ。わしがお数寄屋坊主頭の徳大寺宗菊である」

「お初にお目にかかります。わたしは小夜と申します」

「用件は何かな。遠慮はいらぬ。申してみるがよい」

威厳をみせつつも、猫撫で声で言った。

すると小夜は顔を上げ、宗菊の目をまっすぐに見て、

「宗菊様に女の操《みさお》を差し上げたいと思い、参上致しました」

「な、な、なんと……」

宗菊が度肝を抜かれた。返す言葉が見つからない。意表を衝かれて動転した。

こんなことはついぞないことなのだ。

「これ、小夜とやら。もう一度申してくれ」

「お嫌ですか。こんな女はお嫌いですか」

精一杯の小夜の目だ。

「待て、そのように急に迫られても……ものには道理というものがあろう。そこ元、何ゆえわしに操を」

「それと引き替えに、お願いの儀がございます」

「金か、それともわしの種が欲しいのか。よいよい、どちらも叶えてやるぞ」

「石和陣屋に囚われている木暮月之介と申す浪人を、解き放ちにして頂きたいのです」

「なっ……こっ……」

驚きに言葉が出ない。

「それさえ叶えて頂ければ、わたしはどのようにされても構いません。どうか、お聞き届け下さいませ」

宗菊の顔が悪相に一変した。

「何者なのだ、そこ元。素性を明かせい」

俄にどすの利いた声になる。

「それは申せません」

「木暮とはどのような間柄なのだ。なぜ奴を助ける」

「恩人だからです」

「恩人……」

「仔細を申しても詮ないことでございましょう。木暮様の恩に、身を挺《てい》して報いたいと思うのです」

「……」

「宗菊様、お願い致します」

宗菊は絶句している。

小夜から底知れないものを感じ、宗菊は手に余る思いがした。これはおのれの裁量の範囲を越えている。一途な小夜の目を見ていると、圧倒されるような息苦しさを覚えた。

（そうだ。あの御方に相談してみよう）

そう思い立ち、小夜の申し出を文に認《したた》め、坊主衆の一人を急ぎ使いに走らせた。

その間、酒料理を出させて小夜をもてなすことにした。

しかし街道での自慢話をしても、小夜は一向に話に乗らず、心はどこかほかにあることがわかった。それに酒料理には一切手をつけないから、いよいよもって謎めいた娘と思い、宗菊はしだいに苛立ちを感じてきた。

宗菊からの奇妙な呼び出しに、了厳こと、早川甲之進はすぐにやってきた。

そして上段の間には入らず、襖の隙間から小夜を覗き見た。

早川の目が驚愕に見開かれた。

（鳥居新六郎の妹ではないか）

小夜を見ているうちに、暗い愉悦が湧いてきた。

（これは面白い）

早川の判断は早かった。

坊主衆に宗菊を呼ばせ、小部屋で向き合った。

「あの娘をわたしは知っている」

「ええっ、何者でございますか」

「おまえなどに関わりないことゆえ、話す必要はない。木暮を放免すれば操を差し出すと言うのだな」

「はっ、そう申しておりますが。しかしわしにはどうにも解せませぬので、戸惑うております」

「わたしが引き受けよう」

「了厳様が」

「因果を含ませろ。わたしがなり替わってあの娘を凌辱《りょうじょく》してやる」

「そ、そんなことを……」

「木暮のために身を投げ出す所存なのであろう。何をされても文句は言えぬはずだ」

「ではその後で、木暮を放免になさるのですか」

「たわけ。誰がそんなことを。あの男はあれでよいのだ。打ち首にされて野面《のづら》で果てればよい。宿場でおまえと悶着を起こした時、あ奴の狙いがすぐにわかった。小田原に密偵を忍ばせておいたからな」

「なんのことやら、わしには……」

困惑する宗菊に構わず、早川がつづける。

「それゆえにわたしの方から打って出た。大胆であろう。そのお蔭で木暮はわたしのことを信じている。あんな奴は信じたままで死ねばよいのだ」

十六

夜の帳《とばり》が下り、本陣はひっそりと静まり返っていた。

上段の間に夜具が敷かれ、小夜はそこに横たわっている。夜伽《よとぎ》を迎える奥女中のようにして、白絹の夜着に着替えさせられていた。

宗菊に奇妙なことを言われたが、何も言わずに呑むことにした。小夜を抱くのは宗菊ではなく、別人だと言うのだ。しかし小夜にとっては誰でもよかった。あの人さえ放免されるのなら、どんな辛い思いも耐えるつもりだった。手を血で汚したおのれに、身を置く場所はどこにもないのである。

燭台《しょくだい》がひとつだけ灯った暗い部屋に、すうっと男の黒い影が入ってきた。

小夜はきつく目を閉じた。

男の顔など見たくもなかった。

息を詰めていると、近くにすり寄った男がそっと手を伸ばしてきた。思わず身を硬くした。

その小夜を、男の手はやわらかく緊張を解きほぐすようにして愛撫を始めた。不思議と嫌悪感はなかった。しだいに小夜の躰が熱を帯びてきて、肌が反応した。躰のどこかが初めての昂りに震えている。

やがて、小夜を嵐が襲った。

男はまるで逆上したように、小夜の躰を責め苛んだ。初めと違って、凶暴な獣のように猛り狂い、泣き叫ぶ小夜をここを先途と攻撃した。

やがて嵐が去った。

（これで木暮様が放免される）

小夜がほっと安堵した。

しかし突然、安堵は烈しい憤りに変わった。

月光に照らされた男の横顔を見て、小夜の形相は一変した。

忘れもしないあの男だった。

海江田らと共に、兄を、村人を虐殺した早川甲之進がそこにいた。剃髪にした出家の姿であるだけに、それはまるで魔神の化身のように思えた。

（許せない）

早川につかみかかった。

難なく利き腕を捉えられ、組み敷かれた。

「いつくるか、いつくるかとおまえのことを待っていたぞ。これで決着がつく。ひと思いにあの世へ送ってやる」

小夜は狂乱した。

「わたしは仇に抱かれた、仇に操を奪われた、血の海に落とされるよりも辛いことだわ。これが本当の地獄よ。生き地獄よ。おまえは鬼畜外道、それ以下だ。人ではない。ほかの誰よりも一番の悪党だわ」

「その通りだ。海江田も伊丹も皆殺しにはへなへなだった。わたしが一番多く殺戮したのだ。むろんおまえの兄を、真っ先に血祭りに挙げたのもこのわたしだ。新六郎はわたしを人でなし呼ばわりした。だから脳天に斧《おの》を叩き込んでやった。わたしは思わず快哉《かいさい》を叫んだものだ」

「ぎゃあっ」

狂ったような声を上げ、小夜が暴れた。

その小夜を早川が執拗に殴打する。顔面を、腹を殴り、乳房をつかんで締めつけた。立ち上がるや、上から小夜の躰を蹴りまくった。

そこへ音もなく、快円と恕水が入ってきた。

「おかしら、死んでしまいますぞ」

快円が早川を止めて、

「わしらにもお裾分けを」

早川がぎらっと二人を見た。

恕水ももの欲しそうに、ごくりと生唾を呑んでみせる。

「よかろう」

早川が二人に小夜を譲った。

部屋の外の畳廊下で、宗菊があまりのことに衝撃を受け、へたり込んでいた。

一部始終を見ていたのだ。

やがて宗菊は吐き気がして、転げるようにその場を離れて行った。

十七

甲斐代官所石和陣屋の予想外の広さに、猫千代とお鶴は目をぱちくりさせて見廻した。

夜陰に乗じて忍び込んだのだが、庭木も手入れが行き届き、泉水まで耳に心地よい音をさせている。陣屋の建物は旗本屋敷のようである。

「立派なものねえ、猫千代さん」

「田舎でさ、土地が余ってっから」

「でも屋敷のわりに警護の姿は見えないし、人が少ない感じだわ」

「まっ、働いてる役人は三、四十人だけど、夕方からみんな帰っちまうからね」

「それは都合がいいわね」

「ちょっと待ってくれよ」

陣屋のことを知る百姓から聞き書きした絵図面を、猫千代は広げて月明りに照らし、

「ははあ、こうなってんのか。ああ、ねえ。それでこっちからこうなってと……」

「猫千代さん、お牢はどこよ。早く鎧様を助け出さないと」

「あのね、お牢へ行く前に鍵を手に入れなくちゃいけないでしょ。牢格子を歯で嚙み切るわけにゃいかないんだから」

そうして二人は抜き足差し足で、中間詰所へ辿り着いた。

土間には赤々と火が灯り、夜番の中間が数人で談笑していた。板壁に牢屋の鍵束が吊るしてあるのが見える。

そして――。

小部屋の刀架けに、月之介のそぼろ助広が無造作に架けてあった。

それをひと目見ただけで、お鶴の胸はきゅんとなった。

そして中間たちが徳利の酒を廻し飲みしているところを見て、十分に油断しているとお鶴は睨み、

「猫千代さん、何か騒ぎを起こして。あたしがその間にあれを」

「わかった、任せなさい」

猫千代がお鶴から離れ、詰所の横手へ行って、「あううっ、ぐわん」と奇天烈な声を発した。それは人とも獣とも思えず、尋常ならざる声に聞こえた。河童のお産のつもりだ。

中間たちが血相変え、一斉にとび出した。

その時には猫千代は姿を消していて、奇声は遠くから聞こえる。

中間たちがそっちへ向かって消え去ると、お鶴がすばやく土間へ入り込み、鍵束をひっつかんだ。刀架けからそぼろ助広もぶん取った。それを大事に胸許に抱

え込んだ。

そのまま身をひるがえしてとび出すところへ、猫千代が走ってきた。

「首尾は」

「上々よ」

二人して牢屋の方へ一直線に駆けた。

そこでは牢番が一人、空樽に座って六尺棒を胸に抱き、居眠りをしていた。

その前を猫千代とお鶴が足音を忍ばせ、はらはらしながら通って行く。

他に罪人の姿はなく、一つの牢に月之介だけが端座していた。

「鎧様っ」

お鶴が猫千代と共に駆け寄った。

「おまえたち……」

そう言ったまま絶句した月之介が、次には破顔して、

「すまん、恩に着るぞ」

「鎧様、これを」

まずはお鶴が牢格子からそぼろ助広を差し入れた。

それを月之介がしっかり手に取った。

「さっ、早くして、お鶴ちゃん」

「待って、急かさないでよ、どの鍵が合うのか……」

お鶴が何本かの鍵を穴に差し込み、がちゃがちゃとやってみる。

「ずぎゃあ」

突然、牢番が雄叫《おたけ》びを上げた。

三人が一斉に見る。

牢番はまた寝ているから、どうやら夢にうなされたようだ。

中間たちが戻ってきたのか、詰所の方から怒鳴るような声が聞こえてきた。

「お鶴ちゃん、これ以上おいらの寿命を縮まらせないで」

「わかってますよ、だけど……」

どの鍵も合わず、お鶴は焦って悪戦苦闘している。

月之介が息を詰めてお鶴の手許を見守り、猫千代は落ち着かずに足踏みしている。

がちゃ。

ようやく一つの鍵が合い、お鶴が重い牢格子を開けた。

のっそり月之介が出てきた。

「嬉しい、よかった」

お鶴は思わず飛び上がって、月之介に抱きついてしまった。

十八

三人一緒では目立つので、月之介は昨夜のうちに猫千代、お鶴と別れた。

その別れしなに、猫千代の口からお悦と矢車が殺されたことを聞かされた。二つの骸があったのは、金剛寺の前だという。

月之介の脳裡に、早川甲之進の顔が浮かんだ。やはり疑惑は間違ってはいなかった。初めに早川に会った時、月之介は麝香の匂いを嗅いでいた。それで猫千代に金剛寺の探索を頼んだのだ。

（早川甲之進、何するものぞ）

意中に秘するものがあった。

そうして猫千代たちと落ち合う場所を決めておき、とある百姓家の納屋に忍び込み、そこで一夜を明かした。藁束の上は牢屋の床板よりずっとよかった。

住人に見つかってはと、早いうちにそこを出て宿場へ向かった。

小夜のことが気掛かりでならなかった。

街道は人目につくので、脇の道を取った。

すると前から、ただならぬ様子の村人の群れが土埃を上げて駆けてきた。

一人をつかまえて聞いた。

「何があった」

「笛吹川に女の死げえが挙がったらしいんですよ」

「女……」

月之介の胸が騒いだ。

村人たちを追って走った。

川原に水死体が挙がっていた。

まだ役人は駆けつけておらず、村人たちが怖ろしげに遠巻きにしている。

月之介が人を掻き分け、前へ出た。

小夜が死んでいた。

その顔は殴られ、無残に腫れ上がっていた。

「……」

慄然とその場に座り込んだ。

「なぜだ」

小さくつぶやいた。

小夜の衣装が目に入った。

燃えるような緋色のなかに、白い花弁を散らせた華やかな小袖だった。

その小袖も金襴緞子の帯も、月之介の目には異様に映った。何かが違う。これはあの小夜ではない。いや、別人になった小夜だ。

（なんのためにこんな衣装を……）

小夜の喉元を見て、月之介の目がかっと血走った。

明らかに絞められた痕だ。

小夜にいったい何があったのか。

怒髪冠《どはつかんむり》を衝く思いがした。

十九

お茶壺道中は甲府宿を出立すると、和戸村という所で休息を取った。

そこで昼飯になり、めいめいが道端に腰を下ろして握り飯を食べ始めた。

すると宰領頭の潮田又七郎が、不審顔で一同の顔を見て行く。

坊主衆の一人が、「どうしました」と潮田に聞いた。

「宗菊殿の姿がないのだ」

「ああ、それなら」

坊主が笑みを浮かべ、

「花を摘んで行くので先に行って下されと、そう申しておりました。追っつけ参りましょう」

「花を？　宗菊殿にそんな趣向があったというのか」

「ご存知なかったのですか。ああ見えても宗菊様は、やさしいお心の持ち主なのですよ」

「それは知らなかったな」

潮田が苦笑した。

春の野辺で、宗菊が花を摘んでいた。

よく晴れた空にひばりが飛んでいる。

品性の卑しい宗菊だが、花だけは別物で、幼い頃よりこよなく愛でているのだ。それは恐らく、日頃より汚濁に塗《まみ》れた人生を歩んでいるせいで、どこかで心の洗濯をしたくなるのである。

名もない花を摘んでいた宗菊が、妙な気配を感じてぎろりとふり向いた。

そこに立っていたのは月之介だ。

「うわっ」

仰天して後ろ向きに倒れそうになった。

月之介は容赦がなかった。

宗菊に躍りかかり、胸倉を取って鉄拳の嵐を浴びせた。また鼻血が噴き出した。

「よせ、やめろ、貴様がどうしてここにいるのだ。牢破りをしたのか。何をしに舞い戻ってきた。この上の狼藉《ろうぜき》は許さんぞ」

「小夜に何をした」

「さ、小夜……」

宗菊の顔が強張った。

「笛吹川に死骸で挙がったぞ」

「ううっ、わしゃ何も知らん。どこの娘っ子が死んだとて、知ったことではない。言い掛かりはよさんか」

「語るに落ちたな」

「なに」

「おれはまだ小夜が娘とは言っておらぬ」

「きえっ」

ばたばたと逃げかかる宗菊の襟首をつかみ取り、月之介が投げとばした。無様に転がるのへ襲いかかり、殴る蹴るをくり返した。

宗菊が血へどを吐いて這いつくばる。顔面は血だらけだ。

「もう一度聞く。小夜に何をした」

「待ってくれ、誤解だ。わしは何もしておらん。したのは別の人たちなのだ」

「誰だ、それは」

「言えん。言ったら殺される」

宗菊の表情に怯えが走った。

「おまえは土地の者ではない。それがなぜ、どんな奴に牛耳られているというのだ」

「……」

「耳を削いでもよいか。それとも鼻を切り落とすか。腸《はらわた》を抉《えぐ》り出してもよいのだぞ」

宗菊が蒼白になり、とっさに耳と鼻を手で隠した。その手がぶるぶると震えている。

「殺される、言ったら殺される、助けてくれえ」

月之介がそぼろ助広を抜いた。

「き、斬るのか」

「おまえが死んだらさぞ喜ぶ人が多かろう」

「わかった、言う。洗い浚《ざら》い言うから命だけは」

宗菊が懇願した。

月之介が刀を納め、宗菊のそばに座って睨み据えた。

「小夜は初め、自分から名指しでわしに会いにきた。その申し様が奇っ怪であった。女の操を捧げるから、おまえさんを放免させてやってくれと言うのだ」

「……」

月之介が胸を衝かれた。

「しかしわしは手に余ったゆえ、あの御方にご相談をした。するとすぐにやってきて、わしの代りに小夜を抱いたのだ。事が終わった後に悲劇が起こった。事情はよくわからんのだが、どうやらその御方は小夜の仇だったらしい。それがわかった小夜は半狂乱になって怒りまくった。だが殴る蹴るをされ、小夜はおとなしくなったが、その御方のお仲間が今度は小夜を代る代るに……」

「もういい」

氷のように冷たい月之介の声だ。

「その御方とは早川甲之進、金剛寺住職の了厳のことだな」

「侍の名前の方は知らん。わしが知っているのは了厳様だ」

「了厳はなぜ貴様を支配している」

「見つかったのだ」

「なに」

「ある宿場でわしは面白がって火付けをしたことがある。ほんの小火《ぼや》のつもりだったが、宿場の半分ほどを焼く大火事になってしまった。うまいこと逃げたつもりが、ところがそれを了厳様に見られていたのだ。それで脅された。将軍家のご威光も了厳様には通用しなかった。今のように半殺しにされ、わしは服従を誓うことにした。それは二年前のことだが、今もつづいている。わしが道中で得た金の大半を献上しているのだ」

「了厳が麝香様なのだな」

「この辺りではそう呼ばれているらしい。名主や大百姓はみんな金を払っていると聞く。集金は年下の坊主たちが、御布施の名目でするのだ。逆らって殺された人を何人も見ている。だからわしは了厳様を裏切ることは……」

「……」

月之介が不意に身をひるがえした。

宗菊はそれを茫然と見送り、

「待ってくれ、わしに何もせんのか」

「花を愛でるおまえに免じて許してやる。これからは身を慎め。無道なふるまいをしたら今度こそ斬る」

「そ、そうか、助かった……」

宗菊が地に伏し、月之介の背へ向かって拝むようにした。

二十

夜の金剛寺は桜が満開だった。

たわわなその花弁が、山門を隠すまでにして狂おしく咲き誇っている。

闇のなかの花の宴が始まろうとしていた。

それは咲いて散らされた哀れな女の、血の宴かも知れなかった。

囲炉裏の火を囲んで、早川、快円、恕水が酒を食らっていた。

「花の咲く頃になると、わたしは気鬱になるのだよ。どうしてかな」

早川がぽつりと言った。

快円と恕水はちらっと見交わしただけで、押し黙っている。

「小夜は健気《けなげ》ない娘だった。あの一途さをわたしに向けてくれたら、もっと違っていたろうに……木暮なんぞに思いを懸けて、あいつは愚か者だ。だからはかなく散るしかなかったんだ」

「木暮という男がお嫌いなようですな」

快円が追従《ついしょう》笑いを浮かべながら言った。

「ああ、藩にいた頃から反りが合わなかった。奴は文武共にかね具え、家中では抜きんでた男だった。それが気に食わなくて、裏から手を廻して何度か追い落とそうとしたのだ」

不意に早川が黙り込んだ。

「で、どうなりましたので」

恕水が気になって問うた。

「しかし駄目だった。あの時は奴にどうしてもかなわなかった。それがどうだ。幾星霜を経たら木暮も浪人になっていたではないか。いろいろ探ってみたら、奴は藩でとんでもないことをしたのだ。わたしらと何も変わらんよ。元破戒僧のおまえたちの方がずっと見どころがある」

快円と恕水が声を揃えて含み笑いをし、

「たまりませんな、そんな奴と一緒にされては。わしら兄弟で組んでずっと長いこと荒仕事をしてきましたが、弱い者を泣かせたことはありません」

快円が言った。

「おいおい、それは少し違うであろう。弱い者でも逆らう奴は容赦はしないぞ」

恕水が自慢げに言い、

「しかしおかしらと出会って本当によかった。麝香様と蔭で呼ばれ、世間を震え上がらせて実に気分がいい。これからもうまくやって行きましょう」

「うむ、希むところだな。さあ、今宵は色気はないが心ゆくまで飲もうではないか」

早川が言えば、恕水もひそやかな笑みで、

「昨夜は色気があり過ぎましたな。久しぶりに身も心も震えましたぞ」

「そうか、小夜はそんなによかったか」

快円と恕水が声を揃え、「はい」と言う。

それが奇妙でおかしく、早川はひとりでくすくす笑い、

「おまえたちは本当に馬が合った兄弟なのだな。いつもそうやっておなじ女を抱くのか」

「女郎屋も一緒に上がります」

恕水が臆面もなく言う。

「それはいい」

また笑いかけた早川が、ぎらっと目を走らせた。

(隣室に誰かいる)

早川が鋭敏に敵を察知した。

その視線を受け、快円と恕水がさっと立ち上がり、片隅の錫杖を引き寄せた。

そして快円が板戸をぱっと開けた。

月之介が立っていた。

三人がたちまち殺気をみなぎらせた。

「木暮、破牢したのか」

「そうだ。小夜の仇討に舞い戻ってきた」

三人が一斉に戦闘態勢に入った。

早川は大刀を抜き、快円と恕水は錫杖で身構える。

その真ん中に立ち、月之介が静かにそぼろ助広を抜いた。

刀身をゆっくりと下段に持って行く。

その上体に隙ができ、快円と恕水はほくそ笑んだ。

「があっ」

恕水が錫杖を唸らせて突進した。

それ以前に、そぼろ助広が真《ま》っ向唐竹割《こうからたけわ》りにふり下ろされていた。

信じられないことが起こった。

錫杖は真っ二つにされ、恕水はそれを握りしめたまま、仁王立ちになったのだ。そうした姿勢で、恕水はぴくりとも動かない。充血した目は虚空を見据えている。

不気味な静寂が支配した。

ぽたっ。

怨水の額がぱっくり割れ、そこから夥《おびただ》しい流血が始まった。
床板に鮮血が広がる。
「ああっ」
それを見た快円が悲痛な叫び声を上げた。
同時に怨水がどうっと倒れ、そこで絶命した。
「くそう、よくも」
快円が憤怒を爆発させ、獣のように襲いかかった。
しゃにむに月之介に突っ込んで行く。
その横胴が斬り裂かれた。
「ぐわっ」
快円が大口を開けてのけ反り、よろめきかけた。
すかさず月之介が斬り裂いた。
もう声も出ず、快円はうずくまったままで息絶えた。
月之介と早川が睨み合い、対峙した。
共に正眼に構えている。
早川が邪悪な笑みになって、

「木暮、小夜は生娘であったぞ。抱いてやらなかったのだな」

「……」

「さてもさても、つまらぬ男よのう、おまえは。おまえを慕いながら他人の男に抱かれる小夜の身にもなってみろ。あまりに哀れではないか。そういうのを朴念《ぼくねん》仁《じん》というのだぞ。だからつまらぬ渡世しかできんのだ」

早川の言葉には、月之介へのやっかみと憎悪がないまぜになっており、醜悪である。

ふっ、と月之介が冷笑した。

早川が険しい表情になる。

「斬るに値しない男を斬るおれの身にもなってみろ。人ではなきゆえに人でなしと言う。まさにおまえがそれだ。しかしおれは斬らねばならん。人の生き血を吸って生きるおまえは害毒だからな。面映いが、つまりは世のため、人のためということだ」

「うぬっ、小癪な」

早川が怒りに任せ、斬り込んできた。

月之介が応戦する。

白刃と白刃が烈しく闘わされた。鍔競合《つばぜりあ》いとなり、双方が力を限りに攻め合った。ぎりぎりとした歯嚙みまでが聞こえてきそうだ。すぐに引き離れ、また斬り合った。

囲炉裏の薬罐《やかん》がひっくり返り、壮烈に灰神楽《はいかぐら》が上がった。

早川の怒号が響くなか、月之介が捨て身になってそぼろ助広を唸らせた。

乾坤一擲《けんこんいってき》の豪剣に手応えがあった。

何かが切断される鈍い音がした。

天井に飛んだ早川の生首が、血汐《ちしお》を噴いて落下してきた。それが床に叩きつけられ、ごろごろと転がって片隅で止まった。

苦悶の表情ではなく、早川のそれは笑っているようだった。

月之介が懐紙で血刀を拭きとり、納刀すると後をも見ずに立ち去った。

山門の所で夜桜を見上げた。

それは小夜のように艶やかだった。

「終わったぞ……」

月之介がつぶやき、その姿が闇に呑まれた。

この作品は双葉文庫のために書き下ろされました。

双葉文庫

わ-04-11

鎧月之介殺法帖《よろいつきのすけさっぽうちょう》

女刺客《おんなしかく》

2009年3月15日　第1刷発行

【著者】
和久田正明《わくだまさあき》
©Masaaki Wakuda 2009
【発行者】
赤坂了生
【発行所】
株式会社双葉社
〒162-8540 東京都新宿区東五軒町3番28号
[電話] 03-5261-4818(営業)　03-5261-4833(編集)
http://www.futabasha.co.jp/
(双葉社の書籍・コミックが買えます)
【印刷所】
株式会社亨有堂印刷所
【製本所】
株式会社若林製本工場

【表紙・扉絵】南伸坊
【フォーマット・デザイン】日下潤一
【フォーマットデジタル印字】飯塚隆士

落丁・乱丁（本のページの抜け落ちや順序の違い）の場合は
送料小社負担にてお取り替えいたします。「製作部」宛にお送りください。
但し、古書店で購入したものについてはお取り替えできません。
[電話] 03-5261-4822(製作部)

定価はカバーに表示してあります。
禁・無断転載複写

ISBN978-4-575-66373-0 C0193
Printed in Japan